Lisa Azuelos

Lisa Azuelos est auteure et réalisatrice. Elle a à cœur de défendre dans chacun de ses livres ou films la vision d'un féminin souvent trop culpabilisé pour mener une existence réellement libre. Après quelques succès au cinéma (*Comme t'y es belle*, *LOL* ou *Dalida*), elle décide de s'engager avec son association Yolove auprès des femmes et des adolescents. *La Vie en ose* (Belfond, 2020) est son sixième roman.

LA VIE EN OSE

LISA AZUELOS

LA VIE EN OSE

belfond

MIXTE
Papier issu de sources responsables
FSC® C003309

L'éditeur de cet ouvrage s'engage dans une démarche de certification FSC® qui contribue à la préservation des forêts pour les générations futures.

Pour en savoir plus :
www.editis.com/engagement-rse/

ISBN : 978-2-266-31322-3
Dépôt légal : juin 2021

Derrière chaque femme qui réussit,
il y a une femme qui a osé.

Prologue

Le hall de l'hôtel s'est rempli en moins d'une heure. Alice n'a pas eu une minute à elle, on lui a présenté plusieurs personnes dont elle n'a retenu ni le nom ni la fonction, mais toutes lui ont dit avoir apprécié son travail, et son dernier interlocuteur, un des associés du propriétaire de l'hôtel, lui a donné sa carte en lui suggérant de l'appeler pour parler d'un projet. Elle la serre fermement dans sa main, peinant à croire que ce qu'elle considère encore comme un heureux concours de circonstances puisse donner lieu à d'autres aventures.

Il fait très chaud, Alice va au bar demander un verre d'eau, puis elle cherche des yeux ses enfants et son compagnon. C'est le regard de ce dernier qui lui fait tourner la tête. Debout près de son fils, Lucas, il la fixe en souriant et lève sa coupe de champagne en sa direction. Alice répond à son sourire et lève à son tour son verre. Sa fille, Chloé, n'est qu'à quelques pas d'eux, mais elle ne prend pas part à leur conversation, elle est trop occupée à goûter consciencieusement les différentes sortes de petits-fours du buffet.

En les observant tous trois dans ce cadre, Alice mesure le chemin parcouru et elle est soudain envahie d'un immense sentiment de gratitude. Comment aurait-elle imaginé ne serait-ce qu'un an plus tôt que son existence évoluerait ainsi et qu'elle serait accompagnée d'autant d'amour et de bienveillance ?

Alors, silencieusement, elle remercie la vie pour ses surprises, pour les jours sombres sans lesquels il n'y en aurait pas de radieux, et pour les hasards qui n'en sont pas. Et surtout, elle se dit merci à elle-même, pour toutes les fois où elle a manqué de courage, où elle a craint de ne pas être à la hauteur mais a continué d'avancer, en refusant d'écouter la voix qui la clouait au sol. Oui, merci à toutes les épreuves qui ont fait d'elle la femme qu'elle est devenue.

Chapitre 1

Qui est-on, à quoi sert-on quand on n'est plus la femme ou la mère de quelqu'un ? se demande Alice en ce joli matin de septembre, la lumière enflammant d'un feu roux comme ses cheveux les premières feuilles de l'automne.

Être une femme, Alice ne sait même plus ce que c'est. Cela fait des années qu'elle feuillette des magazines parlant de *feel good*, de bonheur zen et autres concepts qui lui semblent abstraits, voire absurdes dans la solitude de cet instant irréel… À travers la fenêtre ouverte résonne dans la cour la chanson « Être une femme » de Michel Sardou, « Femme des années quatre-vingt, mais femme jusqu'au bout des seins… ». Elles adoraient faire des « chorés » avec Chloé, mettre ce tube ringard et danser toutes les deux, pointant avec leur doigt un public imaginaire dans le salon.

Aujourd'hui, il n'y a personne avec qui profiter des échos d'un vieux tube pour connaître un pur moment de bonheur.

Chloé est partie hier. Il y a une seconde et une éternité.

Depuis toujours, elles vivaient une entente parfaite, presque fusionnelle. Dix-huit ans d'amour sans vagues ;

il y a bien eu les quelques accrocs d'usage au moment de l'adolescence, mais pas de tension durable, le conflit leur coûtait trop à toutes les deux. Chloé est désormais étudiante en école de cuisine ; elle découvre ce merveilleux moment de la jeunesse où la vie ne suit plus un cours tout tracé mais celui qu'on a choisi, et Alice a beau se réjouir de son bonheur, sa propre existence lui semble soudain réduite à néant.

Le goût de la cuisine, c'est de sa mère que Chloé le tient ; il s'est forgé au fil du temps, des heures passées à préparer ensemble les gâteaux du mercredi après-midi, la blanquette du vendredi, le poulet rôti du dimanche, des habitudes muées en rituels auxquels aucune d'elles n'aurait dérogé. À douze ans, c'est Chloé qui proposait les menus, improvisait les recettes qui deviendraient les plats préférés de la famille.

— Tu seras un grand chef, ma chérie, lui disait Alice.

Elle a tout fait pour l'encourager, l'accompagner sur cette voie, et, en réussissant à intégrer une prestigieuse école des métiers de la gastronomie située près de Lyon, Chloé a réalisé son rêve, leur rêve. Loin d'elle. Les concours en ont décidé ainsi.

Depuis le moment où le train emportant sa fille a démarré, l'image de son visage derrière la fenêtre du wagon n'a pas cessé de hanter Alice.

Pourtant, élever ses enfants, est-ce autre chose que les amener consciencieusement à ce jour où ils seront assez forts pour quitter le nid et voler de leurs propres ailes ?

Alice l'a toujours su, elle trouve ça sain, normal, alors pourquoi une telle tristesse ?

Elle va enfin pouvoir faire ce qu'elle aime. Durant son adolescence, Alice se rêvait restauratrice de tableaux, se voyant passer des heures à ressusciter une toile, un meuble ou une fresque usée par les ans. Mais elle n'avait pas eu la chance de ses enfants : quitter sa petite ville de province pour aller faire des études était un luxe qu'on ne pouvait se permettre dans sa famille. Puis elle avait suivi son futur mari, qui venait de décrocher un poste à Lille, et s'était inscrite en école d'art. Mais la naissance de Lucas avait interrompu son cursus. Ensuite, c'était comme si tout s'était mis en place pour que cette voie lui demeure à jamais inaccessible. Se borner à être créative auprès de son mari et de ses enfants, c'était loin d'être pleinement épanouissant, mais ils lui procuraient tant de joies… Et les rendre heureux lui suffisait.

Derrière chaque homme qui réussit, il y a une femme. Elle s'était convaincue que c'était ça, le rôle d'une femme, faire de son mari un grand homme… Mais quand le grand homme qui a réussi disparaît avec une jeune femme, il ne reste plus qu'une vieille femme…

Alice n'a pas tout à fait perdu son rêve. Elle a passé chacune de ses heures libres à dessiner, et dès que sa vie de famille lui en a laissé le temps, elle a commencé à peindre des motifs qu'elle imaginait orner des assiettes, tissus, papiers peints et autres objets de décoration. Le jour où le départ de Chloé s'est confirmé, elle a pris son courage à deux mains et a présenté ses réalisations à l'enseigne Happy Home, une de ses boutiques préférées. Emballé, le directeur de collection lui a proposé d'intégrer leur équipe de stylistes et, dès le lundi suivant, elle poussera la porte du siège afin de définir les modalités de leur collaboration.

La télé ne réussissant pas à la distraire de la tristesse qui lui étreint la gorge, Alice allume son ordinateur.

Comme d'habitude, sa boîte mail est encombrée de publicités qu'elle jette machinalement, manquant de peu de supprimer un mail en provenance d'un inconnu, qui se révèle être le DRH de Happy Home.

Rendez-vous lundi... Malheureusement... contraintes budgétaires... embauches gelées... obligation de renoncer à vous compter parmi nos stylistes...

Alice est sonnée. Elle relit plusieurs fois le paragraphe, incrédule.

Les salauds, ils avaient promis. Mais que faire alors qu'il n'y a eu aucune offre écrite, et qu'aucun contrat ne les lie ?

Son regard tombe sur la suite du courrier. L'enseigne n'a qu'un poste à pourvoir, celui de vendeuse les vendredis et samedis pour leur boutique située dans le centre commercial de Beaugrenelle, dont la fréquentation ne cesse d'augmenter.

Naturellement, ce poste est très éloigné de vos compétences de styliste, mais au cas où il vous intéresserait, nous vous le confierons en priorité pour tenter de compenser cette déconvenue, même si vous ne possédez pas d'expérience dans la vente.

Ils sont trop bons ! Qu'ils aillent se faire foutre, avec leurs promesses bidon et leur lot de consolation minable.

Son portable vibre, lui signalant l'arrivée d'un message de Chloé : « Premier cours passionnant, bisous Mam's. » Un message expéditif qui n'appelle pas de réponse, pourtant Alice n'a qu'une envie, lui téléphoner aussitôt, la bombarder de questions sur son voyage, savoir si elle est bien installée, s'assurer qu'elle ne manque de rien, tout et n'importe quoi serait bon pour entendre sa voix. Mais sa fille n'a pas le temps de bavarder, elle a probablement déjà tissé des liens avec d'autres occupants de sa résidence étudiante, et l'appeler ne ferait que l'encombrer d'un amour collant au moment où il s'agit au contraire de rendre son envol léger.

Il y a plus de vingt ans qu'Alice a renoncé à toute ambition pour se consacrer à des gens qui sont partis. De là à se dire qu'elle a gâché sa vie, il n'y a qu'un pas, qu'elle franchit environ une minute sur deux. Elle imagine, comme le Milou ange et le Milou démon des *Tintin* de son enfance, son avatar cornu avec une fourche dans la main qui lui murmure qu'elle aurait mieux fait de s'occuper d'elle, de sa carrière, comme tant d'autres femmes aujourd'hui dans la cinquantaine heureuse, financièrement à l'aise et tellement valorisées par la société. Bien sûr, elle aime ses enfants plus que tout, mais maintenant qu'ils sont partis et qu'elle est trop vieille pour se construire un avenir, elle peine à écouter la voix de son avatar auréolé, petit ange qui lui susurre des mots comme « repos bien mérité », « temps pour soi », « nouvelle vie », « opportunité ».

Son soixante mètres carrés lui semble soudain gigantesque, et elle finit par aller s'affaler dans son canapé – ça tombe bien, c'est aussi son lit depuis qu'elle a dû emménager dans un appartement plus petit, un autre effet secondaire du départ de son mari, dont elle se serait bien passée.

Le week-end censé être consacré à l'achat d'une tenue adéquate pour son premier jour en tant que styliste officielle devient une longue dégustation de rochers au chocolat et de beurre de cacahuètes, son péché mignon. Elle réalise que ce que les autres, dont elle faisait partie, appellent « traîner » n'est autre chose que du repos, du temps pour soi, bref, de l'improductivité jouissive si on ne la teinte pas de culpabilité. Alice imagine alors la bataille de ses avatars au-dessus de sa tête, celui qui la pousse à regarder une série en dégustant un autre rocher et celui qui la critique en la qualifiant de glandeuse, voire de pauvre ratée. Ce combat l'épuise et elle enfouit sa tête dans l'oreiller, princesse moderne d'un conte défait.

Quoi de pire qu'un lundi matin quand on n'a pas de travail, aucun projet, l'impression que l'avenir est derrière soi ?

Alice se relève et contemple la page hebdomadaire de son agenda : elle est vierge. Partout du vide, dans sa vie et dans son cœur. Seule présence obsédante, la masse de chocolat au lait qui pèse sur son estomac.

Une évidence s'impose : elle doit sortir de chez elle, et n'importe quel prétexte fera l'affaire. Pas seulement pour se changer les idées, mais parce qu'il est urgent qu'elle gagne sa vie ; le mois dernier, son mari l'a prévenue que désormais il enverrait de l'argent directement à leurs enfants, ce qui réduit d'autant la somme qu'il lui verse chaque mois. Sur le moment, tablant sur son futur salaire de styliste, elle a pu se permettre d'ignorer cette mauvaise nouvelle ; mais maintenant, la précarité la guette.

Alice répond à l'humiliant e-mail de Happy Home.

Chapitre 2

— Des paniers en bois rectangulaires, ils faisaient au moins trente centimètres de long, vous en aviez plein samedi dernier ! s'impatiente la cliente.

— Je n'étais pas là, je vais me rens…

Pas le temps d'achever sa phrase, la cliente lui a tourné le dos pour alpaguer une autre vendeuse.

La première journée de travail d'Alice à Happy Home est l'une des pires de sa vie. La plupart des clients sont pressés et lui donnent le sentiment d'être invisible, même lorsqu'ils lui adressent la parole. Et puis, ils ne pourraient pas dire bonjour avant de lui poser une question ? Alice se demande si elle est aussi mal élevée quand elle est à leur place et ne trouve pas la réponse.

Formée en cinq minutes par une responsable de magasin débordée, elle a bien tenté de préciser qu'elle était là provisoirement et que sa vocation était ailleurs ; peine perdue, on n'a pas le temps de bavarder quand cinquante cartons encombrent la réserve et doivent être déballés avant l'ouverture. Alice a l'impression de déranger ses collègues chaque fois qu'elle leur pose une question, eux aussi sont pressés. Et jeunes. Leurs réponses sont minimales, codées par un vocabulaire qui lui échappe, et elle doit régulièrement les faire répéter. Est-ce pour cela qu'elle croit déceler une lueur de mépris dans leur regard ?

Le magasin est en ébullition en cette veille d'Halloween, une fête qu'elle trouve stupide, sans compter qu'en termes de décoration, la couleur orange et les chauves-souris, c'est à peu près ce qu'on a inventé de pire. Alors qu'Alice devrait être partie intégrante de l'effervescence qui règne, elle a l'impression d'y assister de loin et se sent déconnectée, lente et inutile.

Comme hypnotisée, Alice regarde sa barquette de hachis parmentier tourner dans le micro-ondes. Sa deuxième journée chez Happy Home a été encore plus pénible que la première. Elle aurait dû s'en douter, le samedi, tout est décuplé : le nombre de clients, le bruit, le stress.

Lors de sa pause déjeuner, elle s'est précipitée à la porte du centre commercial, avide d'une bouffée d'air frais, mais il pleuvait des cordes. À l'intérieur, les sièges ont été pris d'assaut et elle a dû se contenter de grignoter son sandwich en faisant les cent pas. Être condamnée à errer dans cette bulle de verre n'a pas tardé à lui donner le sentiment d'étouffer, le va-et-vient de la foule l'étourdissait, et à l'idée de retourner se faire bousculer par les clients et ses collègues, elle avait envie de pleurer.

Jusqu'au moment où le portrait en grand format d'un visage familier a attiré son regard… Pas moyen de se rappeler son nom, la curiosité a poussé Alice à franchir les portes de la Fnac… Mais oui ! C'est l'acteur de la série *Breaking Bad*. Elle a si souvent entendu Lucas et Chloé en parler… Des images de ses enfants scotchés à leur écran, éclatant de rire ou poussant des cris d'angoisse lui sont aussitôt revenues en mémoire, ne tardant pas à lui brouiller les yeux. Ce sont les derniers moments de complicité qu'ils ont partagés avant le départ de Lucas, blottis l'un contre l'autre, l'ordinateur posé à cheval sur la cuisse de chacun pour qu'ils n'en perdent pas une miette. Et dire qu'ils lui avaient proposé de regarder la série avec eux, si elle avait su…

La sonnerie du micro-ondes la ramène à la réalité. Alice sort son plat, attrape une fourchette et se rend dans le salon. Sur la table basse, le coffret de *Breaking Bad* acheté quelques heures plus tôt. Elle lance le premier épisode et se colle dans son canapé-lit. Une partie de son hachis parmentier est mal décongelée mais peu importe, pas question de se relever, surtout qu'elle est aussitôt happée par l'histoire.

En apprenant qu'il est atteint d'un cancer incurable, le personnage de Walter White, sage professeur de chimie et bon père de famille, se transforme en fabricant et vendeur de méthamphétamines, une drogue de synthèse qui cause des ravages au Nouveau-Mexique, où il réside. En quelques épisodes, le timide enseignant prend confiance en lui, le goût de l'aventure dépasse rapidement la crainte de se faire attraper, et les dollars s'accumulent.

Plongée dans l'épisode, Alice est interpellée par une scène où Walter White parle à son beau-frère, le policier tentant d'attraper ce nouveau dealer dont la traque obsède la brigade des stupéfiants. « *Fear is the enemy* » : « L'ennemi, c'est la peur » !

La phrase résonne en elle, comme un mantra.

L'ennemi, ce n'est pas son âge, la solitude, le départ de ses enfants, de son mari, la pluie qui tombe, le froid qu'il fait ou même ce bout de purée encore congelé. La peur est l'unique responsable de tous ses problèmes, la peur d'être qui elle veut, de mal faire, d'être jugée, de ne pas être à la hauteur. Désormais, elle va vivre sans peur. Seul impératif : être assez vigilante pour la reconnaître quand elle se présentera. Walter White n'a rien à perdre car il n'a plus peur de mourir, il est sûr de mourir.

Alice n'a plus peur d'être seule. Elle est sûre d'être seule.

Petit à petit, une question se fraie un chemin dans son esprit… Et elle, que ferait-elle si elle ne se refusait rien ? Et si l'envol de ses enfants était synonyme d'un nouveau départ caractérisé par une liberté absolue ? Et si elle osait oser ?

Chapitre 3

La gueule de bois, mais sans avoir fait la fête. « Il devrait y avoir une expression pour ça », pense Alice, le cou encore endolori par cette nuit aux rêves un peu trop lourds sur un oreiller beaucoup trop mou.

Il faut changer les oreillers, il faut changer d'humeur, il faut tout changer, puisque rien ne sera plus jamais pareil. Le son du silence, « The Sound of Silence », une de ses chansons préférées de Simon et Garfunkel, elle n'entend plus que ça maintenant. Le bruit du rien lui a cassé la tête et le moral.

L'une après l'autre.

Chloé est partie, Chloé est partie, c'est la seule phrase qu'elle entend, comme un mantra récité dans le bruit du silence. Et contrairement aux mantras new age que les femmes de milliardaire répètent dans leurs leggings scintillants ornés de licornes ou de fées, ce message tournant en boucle dans sa tête la tue et ne la rend pas plus forte. Chloé est partie, et Alice ne se fait pas aux matins sans elle.

Assise devant un bol de café devenu froid, elle monte le son de la radio, mais ni l'avalanche d'infos et de chroniques ni les bavardages enjoués ne suffisent à combler le silence qui a pris possession de l'appartement.

Étonnant de constater que le bruit extérieur n'éteint pas le vide intérieur. Il l'amplifie, comme du citron sur une plaie. Le manque d'amour, ou plutôt la sensation d'inutilité liée au manque d'amour à donner, est pour Alice une invisible cicatrice dont elle ne peut même pas se plaindre.

La poubelle est peut-être la seule chose un peu pleine de l'appartement. C'est fou, d'ailleurs, comme les poubelles d'une déprimée solitaire se remplissent moins vite, se dit-elle en tournant le petit lacet de plastique pour la fermer. On va sur la Lune, sur Mars, mais personne n'a toujours rien inventé de plus pratique que ce pauvre lacet de plastique pour fermer la poubelle. Pareil pour la languette rouge des boîtes de Vache qui rit qu'elle n'achète plus depuis longtemps.

C'est bien le seul avantage au départ de Chloé : elle n'aura plus à descendre la poubelle qu'une fois par semaine, quand à l'époque de sa grande famille d'avant divorce c'était une corvée quotidienne. Voilà, ce sera sa pensée positive du jour, se dit-elle en soulevant le sac en plastique.

En arrivant dans le hall de son immeuble, elle se heurte de plein fouet à un jeune homme. Grand, brun, barbe de hipster, tenue décontractée, large sourire. Il s'excuse, puis lui demande si c'est bien ici qu'on donne des cours de danse des cinq rythmes. Alice n'en a jamais entendu parler, mais un cours de danse, il y en a bien un au fond de la cour, et elle propose de l'accompagner ; elle va en profiter pour leur dire d'arrêter de balancer leurs cartons dans le local à poubelles sans prendre la peine de les plier – ils bloquent l'accès et occupent tout l'espace, c'est quand même fou, cet égoïsme !

Une fois à l'entrée de la salle, elle découvre le spectacle de danseurs qui semblent abandonner leur corps en toute impudeur. Certains glissent sur le sol, d'autres se balancent, agitent leurs membres en s'adonnant à une drôle de chorégraphie en solitaire ; d'autres encore dansent en couple, se touchent, se caressent. Des dingues, se dit-elle d'abord. Mais, loin de s'en détourner, elle se laisse absorber par cette scène. Ce qui l'attire ici ? Peut-être la liberté qui se dégage des mouvements des danseurs, ou le fait qu'ils ne se soucient aucunement du regard des autres. Médusée, Alice les observe à la dérobée, gênée de sa position de voyeuse, et plus encore de sentir qu'au fil des minutes cette vision fait naître en elle un désir sexuel qui lui était devenu étranger. Évoluant parmi eux, la professeure donne discrètement des conseils, et Alice l'entend vaguement parler de périnée, un terme qui ne fait plus partie de son vocabulaire depuis belle lurette. Comme ses amies, elle a sagement effectué ses séances de rééducation après ses accouchements, mais ensuite elle a oublié l'existence de ce muscle, jusqu'à l'hiver dernier, où, victime d'une grosse crève pendant quinze jours, elle s'urinait dessus chaque fois qu'elle éternuait trop fort…

Dans la salle, la musique a changé et les danseurs font désormais des petits sauts de cabri… C'est confirmé, ils sont dingues ; mieux vaut remettre la conversation sur les poubelles à une autre fois. D'ailleurs, en parlant de poubelles, elle réalise qu'elle tient toujours la sienne à la main, et qu'aussitôt arrivé à bon port le jeune homme a disparu, trop heureux d'avoir trouvé son cours de danse des cinq machins. Le spectacle continue de la captiver et elle s'en détourne à regret pour reprendre la direction du local. Arrivée au sous-sol, elle croise une voisine qui empile soigneusement des cartons d'où dépassent des objets usés, des magazines, de la vaisselle ébréchée, et tout un bric-à-brac.

— Vous déménagez ? lui demande Alice.

— Pas du tout, je me suis enfin décidée à jeter plein de trucs inutiles. C'est fou ce que ça fait du bien !

Alice hoche la tête, se débarrasse de son petit sac et regagne son appartement.

De retour chez elle, ne sachant trop quoi faire de l'énergie qui a envahi son corps depuis qu'elle a observé le cours de danse, elle branche l'aspirateur, qu'elle passe frénétiquement dans tout l'appartement. Mais pas moyen de chasser de son esprit les images des mouvements débridés des danseurs. En fond sonore, la musique, les injonctions de la prof, et toutes ses phrases sur le périnée… Alice troque l'aspirateur pour son ordinateur et lance une recherche sur le terme. *Paroi intérieure du pelvis, fermant le détroit intérieur…* Des mots qui ne lui disent rien. Elle se penche sur les croquis fournis ; ils sont incompréhensibles. Clique sur *Tout savoir sur le périnée*, tombe sur une série de conseils pour préserver et protéger son périnée, rien que ça, ce n'est quand même pas une œuvre d'art, mais qu'est-ce qu'ils ont, tous ! Elle referme son ordinateur et se dirige machinalement vers la chambre de Chloé.

C'est la première fois qu'Alice y entre depuis son retour de la gare, et la vision de cette pièce figée sur le moment de l'envol de sa fille lui balance une décharge de chagrin aussi aiguë que la brûlure d'un deuil. Bien que prévu depuis longtemps, le départ de Chloé s'est fait dans la précipitation. Il a fallu choisir quelles affaires elle allait emporter, un choix cornélien opéré dans le stress du dernier jour, comme en témoignent les vêtements qui parsèment son lit et son bureau. Alice s'en approche, en saisit quelques-uns pour les ranger, s'arrête un instant pour plonger sa figure dans un pull de Chloé et respirer son odeur à plein nez. Une vraie junkie, se dit-elle en éloignant le pull de son visage avant que montent les larmes.

Les habits ôtés du bureau ont laissé la place à un amas de produits de maquillage, stylos, bijoux, Post-it… Cherchant un endroit où les ranger, Alice se baisse pour ouvrir les tiroirs du bureau. Impossible d'y glisser ne serait-ce qu'un trombone, ils débordent, et l'un d'eux se bloque en butant contre un livre. Patiemment, Alice manœuvre pour ouvrir le tiroir et réalise qu'il recèle toute une pile de cahiers, dont certains datent du collège. Dire qu'elle a elle-même conservé les cahiers d'école primaire de Chloé dans son armoire, ils y occupent tout un étage avec ceux de Lucas. L'espace est rare depuis que son appartement a rétréci de moitié, mais elle a tout gardé, aussi bien les travaux de classe que des tonnes de dessins… qu'elle ne regarde jamais. Les paroles de sa voisine lui reviennent à l'esprit. « Jeter des trucs inutiles », c'est le moment, non ? Bien sûr, les œuvres de ses enfants ne méritent en aucun cas d'être qualifiées de ces termes froids et impersonnels, mais un tri s'impose.

Elle retourne dans le salon, grimpe sur une chaise pour accéder à la boîte en carton qui recèle ses trésors et s'installe à la table de la cuisine.

À peine en a-t-elle soulevé le couvercle que son cœur se soulève aussi. Les maisons maladroitement tracées qui semblent flotter au milieu de nulle part, ornées de leur sempiternelle cheminée à la spirale de fumée, les jardins aux fleurs à trois pétales, les corps filiformes aux têtes énormes et toujours parées d'une couronne sous lesquels « papa » ou « maman » a été écrit au prix de précieux efforts… Ces dessins ressemblent à ceux de tous les enfants, et pourtant ils ne ressemblent à aucun autre. Ils racontent des petites mains peinant à tenir un crayon, des conseils tendrement murmurés, des heures baignées d'une telle douceur que le reste du monde n'existait pas, des années entières de petits bonheurs qui faisaient oublier combien il était grand. Et il faudrait qu'elle renonce à tout ce qui la ramène dans ce merveilleux pays ?

Alice referme le carton et le remet à sa place.

Elle tourne en rond dans l'appartement, cherche une occupation pour faire taire un constat aveuglant : au-delà des souvenirs présentant une valeur sentimentale, il y a quelque chose de plus fort qu'elle qui l'empêche de se défaire de tout ce qu'elle a accumulé, y compris les objets les plus anodins. Elle cherche d'où vient cette résistance mais ne trouve pas de réponse. Plus elle cherche, plus son malaise grandit ; il faut agir pour le dissiper, et elle se dit qu'à défaut de jeter, elle peut toujours continuer à faire du ménage. La vision de la chambre de Chloé est trop douloureuse ; avec son bazar et son lit défait, on dirait qu'elle va rentrer d'un instant à l'autre. Alice se rend directement dans la chambre de Lucas. Elle y a peu touché depuis son départ, se bornant à y faire la poussière et à la remettre en ordre après chaque visite de son fils. Plus le temps passe, plus la pièce ressemble à un mausolée rempli de vestiges d'une autre époque, comme une maquette de voilier ou les figurines de l'armée napoléonienne que son fils collectionnait avec passion lorsqu'il était au collège. Leur déménagement, leur « rapetissement », comme elle l'a souvent appelé dans sa tête, a été trop douloureux pour qu'elle songe à lui suggérer de se débarrasser de ses souvenirs d'enfance. Alice regarde les soldats avec tendresse puis commence à les dépoussiérer. Un coup de chiffon maladroit fait basculer l'un d'eux sous la commode qui leur tient lieu de caserne, et en la déplaçant pour le ramasser, Alice découvre un reste de joint, coincé entre le meuble et la plinthe.

Que son fils fume de temps en temps, ça ne l'étonne pas vraiment, et ça ne la choque pas du tout. Après tout, ça ne l'a pas empêché de faire de bonnes études, alors il a bien le droit de se détendre. Et si elle aussi y avait droit ? Elle a arrêté de fumer des cigarettes à sa première grossesse et n'a jamais fumé de joint, mais il y a un début à tout…

Allongée dans sa baignoire, tirant langoureusement sur ce qu'il reste du joint, Alice se dit qu'elle doit poursuivre sur cette voie, agir librement et s'autoriser davantage à suivre son instinct. Sans l'avoir vraiment décidé, elle a abandonné toute perspective de vie sexuelle depuis que son mari l'a quittée ; pourtant, sa tête est pleine de fantasmes qu'elle n'a jamais pu assouvir. Pour rompre la monotonie survenue au bout de quelques années de mariage, elle a bien essayé de pimenter leurs rapports, mais c'est tout juste s'il remarquait la lingerie sexy qu'elle portait les soirs où elle s'employait à casser leur routine. Quant au jour où elle lui a proposé qu'ils regardent un film pornographique ensemble, alors qu'elle s'attendait à une explosion de joie, il s'est contenté de la regarder d'un air inquiet et lui a demandé si elle allait bien. Pourquoi devrait-elle renoncer à ces expériences maintenant qu'elle est libérée d'un époux peu entreprenant ? La petite voix très sage qui gouverne sa tête lui rappelle qu'elle n'a personne dans sa vie et qu'aucun homme autre que son époux ne l'a touchée depuis trente ans. Mais une autre voix vient la faire taire et l'encourage : c'est vrai que l'idée de partager son lit avec un étranger l'intimide, mais si elle osait dépasser son appréhension, si seulement elle osait… C'est un infini de possibles qui s'offrirait à elle. L'image furtive du jeune homme des poubelles s'impose (« Il faut que je lui trouve un autre surnom », pense Alice), les muscles de ses hanches formant un V impeccable quand il a enlevé son pull, laissant apparaître son dos incroyablement musclé… Depuis quand n'avait-elle pas vu un bel homme de si près lui sourire et lui dire merci ?

L'eau, le joint, sa tête se libère et elle se surprend à se caresser. Elle éclate de rire, se trouve ridicule, puis ridicule de se trouver ridicule. L'eau encore chaude glisse le long de son corps au rythme de sa respiration. Justement, la prof de danse en parlait sans cesse, *breathe in*, *breathe out*, inspire, expire, et soudain, dans une expiration plus longue qu'une autre, quelques larmes roulent sur sa joue. Depuis quand n'a-t-elle pas pensé à elle ? Depuis quand ne s'est-elle pas offert ce temps où la vie s'écoule, juste pour soi, sans justification ni pourquoi ?

Son ventre qui respire lui rappelle qu'elle est vivante, et l'eau qui vient se loger dans son nombril forme un petit lac intime au creux de son être. Elle mérite enfin toute son attention, elle existe, par et pour elle-même. Le désert idiot qu'elle pensait devoir traverser se transforme en une oasis où elle peut enfin se reposer, se poser comme le sable rejoint le fond de la mer après une tempête.

La mère qu'elle n'est plus au quotidien s'offre son premier orgasme en solitaire.

Dans la soirée, Alice retrouve son canapé, son plateau-repas et le coffret de *Breaking Bad.* Une scène l'interpelle : celle où Walter White décide de se raser les cheveux plutôt que d'attendre qu'ils tombent à cause de sa chimiothérapie. Cette scène concrétise la mue d'un personnage qui a choisi de devancer son destin, l'histoire d'un homme qui s'est affranchi des limites que sa vie semblait lui avoir fixées.

Pour la première fois, Alice se demande si elle aussi a le droit de bousculer son existence pour vivre sa vie. Mais bousculer qui, bousculer quoi, par où commencer ? Que des questions et pas l'ombre d'une réponse.

Dans un tiroir de la chambre de Chloé, elle a aperçu un carnet qu'elle lui avait offert il y a longtemps, un joli cahier à la couverture imprimée en Liberty que la jeune adolescente avait jugé « trop fifille » et qu'elle n'a jamais utilisé. Sur la couverture : « Ma vie en rose ».

Chère Moi,

Je t'écris sur le cahier rose de ma fille. Voilà des années qu'il traîne dans sa chambre, avec ses pages éternellement blanches attendant le coup de stylo qui lui donnera vie, comme une princesse endormie attend son prince.

Je suis donc à la fois la princesse et mon prince, deux rôles aussi distincts que la mère et la femme. C'est moi qui vais jouer le rôle du prince qui réveille la femme endormie.

Et ce journal m'y aidera.

J'ose faire éclore celle qui s'est tue pendant des années. Je vais OSER *dans ce cahier rose. D'ailleurs, oser n'est-il pas l'anagramme de* ROSE *?*

Je te promets sur la tête de Walter White que désormais, j'aurai toujours quelque (ch)ose à te dire.

Signé :

Moi.

En refermant ce carnet, Alice se trouve à la fois courageuse et pathétique d'avoir écrit ces quelques lignes, mais elle se souvient d'un vague tuto dont une amie lui a parlé, les « Miracle Mornings », rappelant qu'il est bon d'écrire ce qui nous passe par la tête chaque matin, sans se juger.

Oser, c'est donc aussi simple que ça. Avoir le courage de faire, malgré la peur du ridicule.

Chapitre 4

Les talons coincés dans les étriers, Alice soupire en fixant le plafond.

Elle n'a jamais aimé aller chez le gynécologue ; d'ailleurs, son dernier rendez-vous remonte à trois ans, ce que le docteur Maurier n'a pas manqué de lui reprocher.

— C'est bon, vous pouvez vous rhabiller. J'envoie votre frottis au labo et, si tout va bien, on se revoit dans un an. Vous avez des questions ?

— Euh… oui. Mes cycles sont très irréguliers depuis quelques mois, j'ai vécu pas mal de changements, j'imagine que c'est lié… Mes règles s'espacent, mais je saigne deux fois plus. Je n'ai plus du tout mal au ventre, mais c'est gênant quand même parce que ça dure plusieurs jours d'affilée. Et puis je transpire beaucoup la nuit, ça ne m'arrivait pas avant et c'est très désagréable.

— Je pourrais vous prescrire des hormones, mais je sais que vous préférez éviter…

— Ah non, pas d'hormones ! Vous n'avez pas autre chose ?

— Laissez faire la nature, ça durera encore quelque temps, puis vous serez tranquille.

— Qu'en savez-vous ? s'étonne Alice.

Le docteur Maurier lui sourit.

— Les effets de la ménopause ne durent pas éternellement, Dieu merci.

Alice accuse le coup.

— La ménopause ?… Vous êtes sûre ?

— Quoi d'autre, à votre âge ? Mais ne soyez pas inquiète, tous les symptômes que vous décrivez sont classiques. Je suppose que vous avez des bouffées de chaleur ?

— Terribles, avoue Alice. L'autre jour, au magasin où je travaille, j'étais en nage, j'ai dû aller m'asperger d'eau froide dans les toilettes.

— Oui, c'est normal. Je vais vous prescrire de l'homéopathie, dit-elle en commençant à rédiger une ordonnance. Contre les bouffées de chaleur, le Lachesis en 9 CH est très efficace, et puis, pour vos suées nocturnes, il y a le Lilium tigrinum… Est-ce que vous avez des troubles du sommeil ?

Le silence d'Alice lui fait relever la tête.

Celle-ci est penchée en avant, occupée à nouer ses lacets, mais la gynécologue perçoit nettement les larmes qui brillent dans ses yeux.

— Ne pleurez pas, ça n'a rien de grave, ni de triste ! dit-elle en lui tendant un mouchoir. C'est simplement le cycle naturel de la vie d'une femme…

— Oui, je suppose que c'est naturel de ne plus pouvoir tomber enceinte, d'être victime des caprices de son corps… Naturel de le voir se dégrader sans qu'il y ait rien à faire, de vieillir… C'est peut-être naturel, mais moi, je n'arrive pas à trouver ça normal…

— C'est notre lot à toutes, observe le docteur Maurier gentiment, moi aussi je suis passée par là. Et j'ai pris cinq kilos, comme la plupart des femmes, alors que vous n'avez pas grossi depuis la dernière fois ; ça fait au moins une bonne raison de vous réjouir !

— Je m'en fiche, de grossir, renifle Alice. Mon mari m'a quittée il y a un an et aucun homme ne me regarde…

— Ça, c'est vous qui le dites ! Et s'ils ne vous regardent pas, c'est justement parce que vous traversez une passe difficile. Les larmes, les coups de déprime parfois violents, le sentiment de ne plus être féminine, donc plus séduisante, ça aussi, c'est un effet de la ménopause.

— Quel mot affreux. Je l'ai entendu toute ma vie mais je n'ai jamais imaginé qu'il me concernerait un jour.

— Ce n'est pas un mot affreux… « Ménopause », ce n'est pas « ménoenterrement ». Le mot « pause » est là pour nous rappeler qu'il ne s'agit que d'une transition. Un passage entre une phase de vie et la suivante. Mais celle qui vous attend n'est pas forcément moins belle.

— Ça dépend pour qui, soupire Alice. Vieillir avec un mari aimant, des enfants proches et un travail passionnant, c'est une chose. Moi, je suis seule, mes enfants sont loin et j'ai été obligée de prendre un job alimentaire, comme si j'étais étudiante.

— Si je comprends bien, la vie se charge de vous rappeler que vous n'êtes pas si vieille puisqu'elle vous redonne le sentiment d'être étudiante ! Quel oxymore, non ?

— Oxy… ?

— Un oxymore, c'est quand deux contraires s'associent. Une vieille étudiante. Une merveilleuse catastrophe… C'est souvent la preuve que vous êtes sur le bon chemin. Chacun est responsable de sa vie, je le crois vraiment. Cette pause, ce passage, c'est aussi un moment pour entamer un dialogue intérieur, vous écouter, réfléchir à ce que vous avez envie de faire de la seconde moitié de votre vie. Vous avez tout consacré à vos enfants, à votre mari… Mais qui s'est consacré à vous ?

À ces mots, Alice sent ses yeux s'emplir d'un voile humide. La réponse, elle la connaît : personne. La gynécologue enchaîne :

— Vous êtes peut-être seule, mais c'est le moment idéal pour être vraiment à l'écoute de vous-même. De votre corps et de votre cœur. Dites-vous qu'à partir de maintenant, tout devient possible.

— Vous allez me dire que ce n'est qu'une question de volonté, c'est ça ?

— La volonté, ça ne suffit pas : il faut décider.

Alice réfléchit un instant.

— Je suis désolée, mais je ne vois pas la différence entre vouloir et décider.

Le docteur Maurier signe l'ordonnance en lui souriant.

— La même différence qu'entre vouloir arrêter de fumer et décider d'arrêter de fumer. C'est presque pareil… mais ça change tout ! Vous savez, les saumons, quand vient le moment de pondre, doivent remonter la rivière à contre-courant, ça les épuise. Une mère, dans la première partie de sa vie, au nom du bonheur de ses enfants, se comporte comme un saumon. Elle s'épuise à lutter contre le courant. Et puis un beau jour, les enfants partent, le sang cesse de couler à l'extérieur mais il abonde à l'intérieur. C'est mathématique. La maman reprend des forces, des forces pour elle. Ce qu'elle appelait égoïsme quand elle était mère s'appelle prendre soin de soi, un juste retour des choses. Prendre soin de soi et décider de se laisser glisser le long de la rivière, avec le courant. Et simplement observer le paysage. Finalement, c'est le moment rêvé pour devenir le touriste de sa propre vie. Vous êtes déjà allée à l'hôtel ici ?

— À Paris ? Non, pourquoi irais-je à l'hôtel alors que j'ai un appartement !

— Eh bien moi, de temps en temps, je m'offre une nuit dans un hôtel pas trop cher mais avec un room service. Je vous jure qu'à moindres frais, j'ai toujours la sensation de m'être offert un grand voyage. Votre nouvel état fait de vous une femme neuve, qui ne demande qu'à surprendre la femme que vous étiez jusqu'à présent. Laissez-la glisser avec le courant, *go with the flow*, comme disent les Américains, conclut-elle en lui tendant l'ordonnance homéopathique.

Alice doit bien admettre que les mots de sa gynécologue lui ont fait plus de bien que la plupart des médicaments qu'elle a pris ces dernières années. Même si elle a toujours trouvé ça un peu ridicule de conclure par une expression en anglais, comme si les mots justes n'existaient pas en français.

De retour chez elle, Alice observe sa silhouette dans son miroir et juge soudain son éternelle panoplie terriblement ennuyeuse. Des pantalons en toile sans forme et des pulls à col en V, elle ne met que ça, ce n'est pourtant pas le choix qui manque ! Il faut dire qu'elle ne s'est rien acheté depuis… Elle ne sait même plus depuis quand. Pourtant, son armoire déborde. Encore un trop-plein de choses inutiles, car elle a cessé de porter la moitié des vêtements et chaussures qu'elle possède. La dernière fois que la Croix-Rouge est passée, elle s'est dit que c'était l'occasion rêvée de vider ses placards, mais là encore, quelque chose l'en a empêchée. Marre des « Ça peut toujours servir »… Marre de tout garder pour Chloé qui fait dix centimètres et deux pointures de plus qu'elle… Dorénavant, pour un vêtement qui entrera, il y en aura un qui sortira ; c'est un début timide, mais c'est mieux que rien.

Le lendemain, vêtue d'un jean moulant et d'une tunique imprimée dans des teintes chaudes, Alice se plante devant son miroir et sourit à son nouveau reflet. C'est tout cc qu'elle a les moyens de s'offrir pour l'instant, mais peu importe, elle a l'impression d'avoir ouvert une porte pour laisser entrer une autre Alice, plus libre, moins conventionnelle. Et c'est le cœur plus léger qu'elle se prépare pour retrouver Mathilde, sa copine d'enfance, avec qui elle a prévu d'aller dîner dans un bistro du quartier. Elle a souvent admiré les tenues féminines que porte son amie, ainsi que son assurance et sa personnalité affirmée, et elle est fière de lui montrer qu'elle est capable d'évoluer.

Au moment où elle sort de son immeuble, son téléphone vibre dans son sac. C'est Mathilde qui annule, en raison d'une urgence. Alice grimace. Elle les connaît, les « urgences » de son amie : c'est le mot qu'elle emploie quand un homme lui propose de prendre un verre, ce qui lui arrive d'autant plus souvent qu'elle est inscrite sur plusieurs sites de rencontre. Chaque fois qu'elle annule un rendez-vous, elle assure que c'était le seul créneau possible, promis juré, c'était ce soir ou jamais ! Alice n'est pas dupe, elle sait bien que dans la vie de Mathilde, elle n'est souvent qu'un second choix, et ce soir où elle se faisait une joie de la voir, elle est particulièrement déçue. Mais comment lui en vouloir de tout mettre en œuvre pour refaire sa vie ? Elle soupire, lui répond qu'elle comprend et que ce n'est pas grave, puis reprend la direction de son appartement. Sur la table de la cuisine, son journal. Elle le saisit et s'assied pour écrire à son aise.

Chère Moi,

Mathilde me plante dès qu'elle a mieux à faire, Mathilde me plante dès qu'elle a mieux à faire, Mathilde me plante dès qu'elle a mieux à faire. Il m'a fallu l'écrire trois fois pour que j'accepte enfin l'idée.

Je t'écris car je n'ai personne à qui dire ma colère. Oser, c'est aussi ça, non ? Oser la colère quand elle te surprend, quand elle t'envahit. Quoi de pire qu'être dévalorisée par une soi-disant amie ? Elle connaît mes soucis mais ne s'en soucie pas. Question : est-elle vraiment mon amie ?

Si oui, elle ne m'aurait pas annulée. Ou alors, si oui, j'aurais osé lui dire que, ce soir, j'avais besoin d'elle. La raison pour laquelle elle n'est pas mon amie n'est pas uniquement le fait qu'elle soit peu fiable et égoïste. C'est aussi ma peur de lui déplaire, ma peur de la perdre à tout jamais en lui confiant mes sentiments. Je ne devrais ni chercher à lui plaire ni avoir peur de lui déplaire ; la seule chose qui devrait me préoccuper, c'est le moyen de dire ma vérité, d'être moi-même. Les amis sont là pour encaisser nos vérités.

Je suis donc en partie responsable de cette fausse amitié. Comme avec mon mari, je n'ai jamais osé lui déballer mes peines pour ne pas l'embêter avec « tout ça ». Mais « tout ça », c'est moi, et je suis bien placée aujourd'hui pour dire « Moi, ça compte, vu que je suis seule à m'occuper de moi ».

Pardon, Mathilde. Tu n'es pas plus égoïste que je ne suis lâche. Nous avons toutes les deux peur d'être seules, et chacune l'exprime à sa manière.

La prochaine fois, malgré tout, je ne te louperai pas !

Décidément, ce carnet rose lui fait un bien fou.

Chapitre 5

Pas facile de garder un esprit conquérant quand on exécute les ordres d'une jeune femme qui a la moitié de son âge, et au bout de quelques heures à Happy Home, le bel optimisme d'Alice est balayé.

À genoux dans l'espace réservé au linge de maison, elle est occupée à plier une à une les dizaines de serviettes de table qui viennent d'être livrées. Il faut faire vite, un arrivage d'assiettes l'attend, et sa responsable l'a prévenue, tout doit être rangé pour la fermeture afin que le réassort soit bouclé avant l'ouverture du lendemain. Concentrée sur sa tâche, Alice sursaute quand la voix d'un client la tire de sa rêverie.

— Vous vendez des lampes ?

Ni pardon ni bonjour, mais ça, c'est la première chose à laquelle elle s'est habituée depuis qu'elle travaille ici.

— Oui, bien sûr.

— Elles sont où ?

— Un peu partout.

— Vous pourriez préciser ?

Il a levé les yeux au ciel, un petit geste furtif, mais qui n'a pas échappé à Alice.

— Il n'y a pas de rayon spécifique, elles sont réparties en fonction des thèmes de décoration, donc vous en trouverez à plusieurs endroits dans le magasin.

— Je n'ai pas le temps de jouer à la chasse au trésor, montrez-les-moi.

— C'est simple, retournez à l'entrée du magasin, il y en a une posée sur chaque table, il y en a aussi dans l'étagère près des cadres de photos, vous ne pouvez pas les rater…

— Vous êtes bien vendeuse ? Moi je suis client, et j'aimerais acheter une lampe. Vendez-moi une lampe.

Son ton méprisant fait l'effet d'une gifle à Alice, et sans réfléchir elle se relève d'un bond, prête à exécuter les ordres du client. Mais quelque chose l'en empêche. L'image de Walter White surgit dans sa tête. Au début de la série, il était sans cesse humilié par son entourage, mais dans l'épisode qu'elle a regardé la veille il s'est affirmé, s'est fait respecter, et elle a adoré être le témoin de cette évolution. Pourquoi serait-elle réservée aux personnages de fiction ? Alice s'approche du client et vient planter ses yeux dans les siens.

— Je suis vendeuse, mais je ne suis pas à vos ordres. Je suis vendeuse et vous êtes le client, mais ça ne vous autorise pas à me parler comme vous venez de le faire. Je suis vendeuse, mais ça ne veut pas dire que je vaux moins que vous. Le respect, ça marche dans les deux sens, ou ça ne marche pas du tout.

Le client la regarde, interloqué, et un silence s'installe.

« Je suis allée trop loin, se dit Alice, il va aller se plaindre et je vais me faire virer… » Mais au moment où elle allait bafouiller des excuses, il éclate de rire.

— Vous au moins, vous n'avez pas votre langue dans votre poche ! J'aime bien ça. Et puis vous avez raison, je n'aurais pas dû vous parler comme ça. Désolé, j'ai eu une sale journée.

C'est lui qui s'excuse… Alice n'en revient pas.

— Bon, eh bien maintenant que je suis debout, je vais en profiter pour vous montrer nos lampes, lui répond-elle en souriant.

Elle lui présente les différents modèles, l'aide à en choisir un, et quand il quitte le magasin, Alice éprouve une profonde satisfaction. Pour la première fois depuis qu'elle travaille chez Happy Home, elle a pris du plaisir à aider un client ; elle se sent utile, et le jugement qu'elle portait jusqu'à présent sur son gagne-pain lui semble absurde.

« Il n'y a pas de sot métier », lui répétait son père… C'est vrai, se dit-elle, pas tant qu'on est soi-même et qu'on n'a pas peur de se faire respecter.

À peine rentrée chez elle, elle s'empare du carnet à couverture en Liberty. Tandis qu'elle tâche de mettre en ordre ses pensées du jour résonnent à nouveau les mots de Walter White dans *Breaking Bad* : *Fear is the enemy.*

Chère Moi,

« L'ennemi, c'est la peur. »

La peur, c'est ce qui empêche d'oser. Oui, mais voilà : souvent, ce sont quelques minutes, voire quelques heures plus tard que viennent les répliques idéales.

« J'aurais dû dire ça. Je n'aurais pas dû répondre ça. J'aurais dû oser faire ceci... au lieu de... »

Comment identifier ce sentiment qui nous fait perdre nos moyens EN DIRECT *? Comment se donner la capacité de réagir sur le moment et d'avoir l'attitude qu'on ne regrettera pas plus tard ?*

Car, en fait, peu importe le résultat. Ce qui compte, c'est l'attitude.

Ce qui compte, c'est de ne pas s'en vouloir à soi, de ne pas se juger si on n'a pas eu la force de réagir.

J'ai failli me laisser maltraiter par un homme qui m'a mal parlé. Et pourtant, j'ai réagi... Qu'est-ce qui fait qu'aujourd'hui je ne me suis pas recroquevillée dans ma coquille ?

Machinalement, Alice se met à dessiner un escargot.

Et en face, un papillon.

Elle continue à écrire, sans réfléchir.

C'est le combat perpétuel entre l'escargot et le papillon.

Pour pouvoir réagir rapidement à une situation de malaise, ce serait intéressant de s'identifier à chacun de ces deux animaux.

Si la sensation de l'escargot rentrant dans sa coquille domine, alors c'est qu'il y a quelque chose qui cloche...

Et là, il faut agir vite. Très vite. Ne pas laisser la situation s'installer.

En fait, l'essentiel est de ne pas s'habituer à la sensation d'être un escargot mais, au contraire, de faire en sorte de se transformer en papillon. Être libre, voler où bon nous semble, sans avoir peur du regard et du jugement des autres.

Aujourd'hui, parler à cet homme de respect m'a libérée d'une sensation escargesque.

Alice s'apprête à rayer le mot qu'elle vient d'inventer, mais elle décide de le laisser.

Elle fait une pause, puis recommence à écrire.

Aujourd'hui, je n'ai pas eu peur de répondre à cet homme car :

— je n'avais pas peur de son jugement (je ne le connais pas) ;

— j'étais fatiguée, donc je n'avais pas envie de prendre sur moi... D'ailleurs, que prend-on DE *soi quand on prend* SUR *soi ? Une énergie vitale qu'on ferait mieux de garder* POUR *soi !*

— je n'ai pas eu peur de perdre ce boulot de m..., j'en ai eu presque envie.

Conclusion : la peur de perdre est ce qui empêche d'être soi...

Ne JAMAIS *laisser l'escargot répondre à ma place.*

Alice referme le journal et regarde par la fenêtre.

Le papillon a envie de danser.

n'a [illegible] sa son [illegible] ce mariage [illegible] duquel [illegible] con[illegible] toute [illegible]. Pas plus [illegible] il a com[illegible] pour[illegible] Laurent [illegible] quittée. [illegible], bien sûr [illegible] de [illegible] normal ap[illegible] ans de [illegible]bitation [illegible] aussi [illegible] souvent [illegible] que la routine soit en[illegible]

Chapitre 6

Alice se décide. Elle va commencer par prendre des renseignements, rien ne l'oblige à aller plus loin s'il s'avère que l'engagement est à long terme et l'inscription trop coûteuse.

La sonnerie d'un SMS retentit alors qu'elle s'apprête à descendre.

Laurent.

Elle attrape fébrilement son téléphone. « Tu vas bien ? Je me demandais si tu étais libre demain soir, j'aimerais bien t'inviter à dîner. Je t'embrasse. »

Quelques mots sur un ton anodin, mais ils suffisent à bouleverser Alice. Dîner demain ? Juste tous les deux… Ce n'est pas arrivé depuis leur séparation. Pourquoi veut-il la voir ?… Se pourrait-il qu'elle lui manque ? Peut-être qu'il envisage de se remettre avec elle ? Le cœur d'Alice s'emballe. D'une certaine manière, l'idée relève soudain de l'évidence. Car elle n'a pas fait son deuil de ce mariage autour duquel elle a construit toute sa vie. Pas plus qu'elle n'a compris pourquoi Laurent l'avait quittée. L'usure, bien sûr, quoi de plus normal après trente ans de cohabitation ; elle aussi a souvent déploré que la routine se soit emparée de leur couple, mais elle n'a jamais envisagé de le quitter ! Même si Laurent a toujours refusé de l'admettre, il y avait sûrement une autre femme dans sa vie, sinon il ne serait pas parti, elle en est certaine. Est-ce qu'elle pourrait accepter qu'il lui revienne après l'avoir quittée pour une autre ? Pourquoi pas… En y réfléchissant, Alice se dit que ce n'est pas parce que quelqu'un vit une aventure que ça signifie que son couple est fichu. S'il ne s'agit que d'une crise passagère, il est sans doute préférable de ne rien savoir, car à quoi bon endurer tant de souffrances si deux personnes sont faites pour vieillir ensemble ? Pour Alice, c'est une des plus belles choses que le mariage lui avait offertes : la certitude de s'accompagner mutuellement jusqu'au bout, de prendre soin l'un de l'autre après le départ des enfants, de traverser la maladie main dans la main si elle se présente, d'être encore là pour se soutenir quand le poids des ans rend la vie plus difficile.

Le chagrin qu'elle croyait éteint se réveille à l'évocation de tout ce qu'elle a perdu. Quel gâchis… Si seulement Laurent avait fait le même constat de son côté… Ça lui rappelle ce film dont elle a oublié le titre, dans lequel l'infidélité de l'époux permettait finalement au couple de se retrouver après une crise salutaire. Comment s'appelait ce film… ? Elle l'a vu avec Laurent, elle lui demandera, il se souvient toujours de tous les titres… Combien de films, séries, sans compter les livres échangés, un rituel immuable qui voyait les ouvrages aimés passer d'une table de chevet à l'autre, avec le moins de commentaires possible pour se réserver le plaisir d'en discuter ensuite.

Évoquer ce film serait une bonne façon d'aborder le sujet. Ou pas. Il faudra le laisser parler ; après tout, c'est lui qui souhaite la voir, inutile de s'emballer avant de savoir pourquoi.

Alice relit le texto. « Je t'embrasse. » Cela fait si longtemps qu'il n'a plus employé ces mots avec elle. Elle relit leurs conversations précédentes, il n'y est question que de leurs enfants, d'argent ou d'organisation. Jamais de phrase gentille ni de message personnel.

Peut-être parce que ce n'était pas encore le moment ? Quand il l'a quittée, Laurent n'a jamais dit que ce serait définitif. Il était confus, incapable de répondre aux questions d'Alice, et semblait ne pas savoir lui-même pourquoi il partait. Il parlait de planètes échouées dans des galaxies différentes, il disait qu'il avait beaucoup changé depuis leur jeunesse, si bien qu'ils ne pouvaient plus marcher sur le même chemin. Pourtant, il avait mis du temps à quitter le foyer, chaque jour augmentant les vains espoirs d'Alice, et quand il s'était enfin décidé, il avait encore bafouillé une phrase compliquée sur un mur qui tombe mais permet de laisser la place à de nouveaux fondements. Bref, Alice n'avait rien compris, mais la porte bien tangible de leur appartement avait fini par se refermer derrière lui tirant sa valise, et pendant des semaines elle n'avait fait que pleurer.

Machinalement, elle entre dans la chambre de Chloé ; sur sa table de nuit, il y a la photo du dernier Noël qu'ils ont passé tous les quatre. Alice s'assied sur le lit de sa fille, une foule de souvenirs l'assaille, et contrairement à ce qu'elle a fait au cours des dernières semaines elle ne va pas les chasser. La fierté de Laurent au moment de découper la volaille – de son propre aveu, son seul domaine de compétence en cuisine –, les blagues interminables qu'il racontait lors des fêtes de famille et qui faisaient tant rire les enfants, son côté lunaire qui le rendait inapte à acheter des cadeaux dignes de ce nom. D'ailleurs, depuis la fois où il avait offert un flipper miniature à Lucas, des chaussons en forme de brioche à Chloé et un service à thé à Alice qui n'en buvait pas, tous trois avaient décidé que, désormais, il serait toujours accompagné par l'un d'entre eux lorsqu'il irait leur acheter un cadeau.

Alice s'empare du cadre et plonge ses yeux dans ceux de Laurent. Elle le connaît si bien, aussi bien que ses enfants. Une tendresse infinie la submerge tandis qu'elle s'attarde sur son regard un peu perdu et son sourire de doux rêveur.

Cher Laurent,

Tu peux revenir si tu veux.

En fait, je réalise que je t'attends depuis que tu es parti.

À demain.

Chapitre 7

— Tu as choisi ?

Alice a les yeux rivés sur le menu depuis plusieurs minutes, mais elle est incapable de se concentrer. Elle s'est fait un chignon, car Laurent l'a toujours préférée avec les cheveux relevés, et s'est préparée avec autant de soin que si elle se rendait à un premier rendez-vous. Elle est tendue, nerveuse, et la seule chose qui la rassure est que celui qui est toujours son mari semble l'être aussi.

— Je vais prendre les pâtes au pistou, dit-elle enfin.

Laurent passe la commande, et la conversation s'engage : les enfants, bien sûr, la santé fragile de sa mère, son travail toujours stressant. Des sujets familiers, même si tout sonne un peu faux sans qu'Alice sache pourquoi. Le temps passe, et, n'y tenant plus, c'est finalement elle qui se lance.

— Je suis contente de te voir.

— Moi aussi, moi aussi, bafouille-t-il.

Elle attend une suite qui ne vient pas, et en conclut qu'il a besoin d'encouragements.

— Tu voulais me dire quelque chose ? lui demande-t-elle, avec le plus de douceur possible.

Il hésite.

— Ce n'est pas facile, avoue-t-il.

— Tu peux tout me dire, Laurent. Tu pourras toujours tout me dire, certaines choses ne changent jamais. Tu le sais, n'est-ce pas ?

Il acquiesce, puis prend une grande inspiration.

— J'aimerais qu'on divorce.

La bouchée de tagliatelles se coince dans la gorge d'Alice. Elle l'avale avec difficulté, tout en se maudissant. Comment a-t-elle pu être aussi naïve, tirer des plans sur la comète sans songer une minute que cette entrevue pouvait signifier une fin et non un nouveau départ ?

— Je veux que tu saches que je serai toujours là pour toi, reprend-il. Ça ne changera rien.

— Vraiment ? réplique-t-elle avec amertume. Tu m'avais dit ça quand tu es parti, mais tu as disparu de ma vie. Tu n'es déjà plus là. Alors en fait, tu es en train de me confirmer que tu ne seras plus jamais là, c'est ça ?

— Ne prends pas les choses comme ça, c'est assez difficile…

— Difficile ? s'étrangle Alice. Pour toi, sans doute ?

— Oui, je déteste te faire de la peine.

Alice a envie de lui dire qu'il ne lui fait pas de peine, mais ce serait faux. Elle a envie de le traiter de tous les noms, mais ce serait moche. Elle a envie d'essayer de le retenir, mais ce serait pathétique.

Alors elle se tait, fixant son assiette et le reste de pâtes, qui lui semblent soudain écœurantes. Laurent ne dit rien non plus, et le silence s'installe.

— Juste une question, souffle-t-elle au bout d'un long moment. Il… y a une raison particulière ?

— J'ai rencontré quelqu'un… Alors il est temps de clarifier notre situation.

Sa réponse est aussi difficile à avaler que la bouchée de tagliatelles un peu plus tôt, mais Alice réussit à n'en rien montrer. C'était prévisible, il faut rester digne et réagir le mieux possible.

— Je m'en doutais. Mais je ne vois pas pourquoi ça nous oblige à basculer dans quelque chose de définitif. Je peux comprendre que tu aies besoin d'air, que tu aies besoin de vivre d'autres expériences, on s'est connus si jeunes…

— Elle est enceinte, lâche Laurent.

Alice regarde Laurent, ébahie. Le choc est si grand que, sur le moment, elle ne ressent même pas de peine.

— Enceinte ? Tu ne m'as jamais dit que tu voulais avoir d'autres enfants !

— Ce n'était pas prévu. Mais tu sais ce que c'est, une fois que c'est fait, c'est… compliqué.

— Tu étais avec elle quand tu m'as quittée ?

— Non. Oui… Enfin, pas vraiment.

— Elle a quel âge ?

— Ça change quelque chose ?

— Elle a quel âge ? répète Alice.

— Trente-quatre ans.

Presque vingt ans de moins qu'elle. La douleur qui somnolait sous le coup de la surprise commence à s'insinuer dans le ventre d'Alice. Elle monte, écrase sa poitrine et vient mourir dans sa gorge, si nouée qu'elle n'arrive plus à parler.

— Je l'annoncerai aux enfants quand je les verrai, je préfère le leur dire de vive voix. Et je voulais que tu sois la première à l'apprendre.

Alice est sur le point de lui demander s'il attend des remerciements pour sa délicatesse, mais elle se ravise.

— Vous habitez ensemble ?

— Pas encore, on cherche un appartement. Les prix des loyers sont dingues, il faudra peut-être qu'on s'installe en banlieue. Enfin, maintenant que les enfants sont tous les deux en province, ça ne change rien pour eux que je m'éloigne.

— Ils n'ont pas prévu de rester en province pour toujours ! proteste Alice. Leur vie est ici.

— Sans doute, mais leur vie n'est plus chez papa-maman, alors de toute façon, quand ils reviendront, ça m'étonnerait qu'on les voie beaucoup ; à la rigueur on aura droit à un dîner ou à un déjeuner quand ça les arrangera… C'est la vie…

Alice a envie de crier : « C'est la vie ou juste la mienne ? C'est ça, mon avenir ? Je n'ai pas d'autre perspective qu'espérer un repas avec mes enfants de temps en temps, pendant que les autres vivent ce que je ne vivrai plus jamais ? »

Le sentiment d'injustice la révolte. Elle regarde Laurent et n'arrive pas à y croire. Un bébé à son âge, lui qui a toujours été si maladroit qu'il osait à peine prendre Lucas et Chloé dans ses bras quand ils étaient tout petits…

— J'ai du mal à t'imaginer recommencer de zéro : les couches, les biberons, les réveils toutes les trois heures…

Laurent balaie l'énumération d'un revers de main.

— Elle gérera, elle est jeune, elle a la santé ! En revanche, en parlant de recommencer, elle a fait une liste de tout ce qu'il faut acheter, c'est fou !… Je me demandais : tu n'aurais pas des trucs à me passer ? Toi qui ne jettes jamais rien, je suis sûr que tu as gardé tous les habits et les jouets des enfants. La cave en était pleine, tu ne t'en es pas débarrassée en déménageant, j'espère ?

Alice le dévisage. K-O. Au tapis.

— Au revoir, Laurent.

Alice se lève, attrape sa veste et son sac, et quitte le restaurant le plus dignement possible. Incapable de retenir ses larmes plus longtemps, elle pleure pendant tout le trajet qui la ramène chez elle.

Une fois passée la porte de son appartement, elle s'effondre sur son canapé et appelle Mathilde en priant pour qu'elle soit disponible… Ouf, son amie décroche. Celle-ci écoute Alice lui raconter son entrevue avec Laurent, puis lui dit en guise de réconfort :

— Les hommes sont tellement décevants, c'est lamentable… En même temps, ça ne me surprend pas. Si tu savais ce qu'il vient de m'arriver…

Chère Moi,

Par où commencer ?

Le pathétique dîner avec mon futur ex mais toujours aussi salaud de mari, ou le pathétique coup de fil à ma fausse amie ?

En fait, je suis tellement en colère que c'est même un miracle que je t'écrive. Mon pauvre carnet, tu es mon punching-ball, tu es le sac de sable de mon Rocky intérieur. Mais Rocky s'entraînait pour gagner, or moi je ne fais que perdre.

Cela dit, Rocky en a perdu, des matchs, avant de remonter l'escalier de Philadelphie (ou Chicago, je ne me souviens plus...). Un jour, je monterai les marches de Montmartre avec « Eye of the Tiger » dans les oreilles, et je lèverai les deux bras en V en signe de victoire. J'aurai gagné, je te le jure. (Mais gagné quoi, je me le demande !)

Bref, je suis restée K-O pistou, sur le ring italien du resto bon marché dans lequel j'ai retrouvé Laurent ; je pense que l'aspect définitif de notre séparation aura à tout jamais le goût du pistou, ce qui m'embête énormément parce que j'adore ça !

C'est drôle, dès que j'écris, mon humour prend le dessus, alors que quand je gamberge je ne sais rien faire d'autre que me traiter de tous les noms...

OK, journal, tu es mon punching-ball, ma colère au galop, mais tu es aussi comme un nouveau doudou. Pourquoi les parents n'ont-ils pas de doudou, quelque chose qui les rassure en toutes circonstances ? Parce que ce sont des adultes. C'est donc ça, être adulte, prétendre que tout va bien et pouvoir se débrouiller sans aide extérieure, même en chiffon, pour se rassurer ?

Si c'est ça, eh bien je l'avoue, je ne suis pas encore une adulte, j'ai besoin d'exprimer ce qui me traverse la tête, et ça passe par le papier, par toi, journal, pour ne pas devenir folle, avec un grand F et plein de L. Pour voler loin, loin de ma vie qui ne ressemble pas à grand-chose en ce moment.

En fait, je t'écris pour le jour où j'irai bien. Je te relirai et je me dirai : « Mon Dieu, j'étais si mal que j'en oubliais que tout finit par passer. » J'en rirai, même !

Mais ce soir, je ne vois pas ce qui pourrait me permettre de sortir de cet affreux tunnel, une larme est tombée et a fait une petite flaque sur l'encre de cette page.

Un jour, je sourirai à cette tache d'encre. Pas ce soir. Aucune force ce soir. En ai-je à d'autres moments ? À toi et à toi seul, je peux le dire. Je ne suis pas forte. Et rien que de l'écrire, ça me soulage.

Au fait, qui est le débile qui a décrété qu'on devait être forte ?

On doit être soi, un point c'est tout.

Je suis moi, Alice Duroy, cinquante-trois ans, pas forte, et ce n'est pas grave. Parce que, même si je ne m'admire pas (encore), je crois que je commence à bien m'aimer.

Chapitre 8

Alice pousse la porte du cours de danse ; pas de bruit, personne derrière le comptoir.

Soudain, une voix derrière elle la fait sursauter.

— Vous venez pour le cours ?

La voilà nez à nez avec la prof de danse des cinq machins, son fort accent américain et son regard perçant.

Panique.

— Euh… non, enfin oui, je voulais connaître les tarifs et savoir quand ont lieu les cours pour débutants.

— Il n'y a pas de niveaux, vous pouvez venir à n'importe quel cours.

— Ah, très bien. Et le prochain est programmé quand ?

— Dans trois minutes.

— Ah ! Mais là, je n'avais pas prévu, je ne suis pas en tenue…

— Vous n'avez pas besoin de tenue du moment que vous êtes à l'aise. Vous n'aurez qu'à enlever vos chaussures si elles vous gênent.

— Et ça coûte combien ?

— Le premier cours est offert. Je m'appelle Jenny, vous venez ?

Des voix se font entendre, de plus en plus perceptibles, et la porte menant aux vestiaires s'ouvre, laissant passer une dizaine de personnes qui entrent dans la salle de danse après avoir salué l'Américaine.

Entre deux bises, celle-ci ne lâche pas Alice du regard, comme si elle sentait que la nouvelle venue risquait de lui échapper. Alice baisse les yeux, car c'est bien de cela qu'il s'agit : s'enfuir, se défiler, rentrer en courant chez elle et retrouver sa place favorite au fond de son canapé. Tellement plus confortable que de se lâcher et de laisser son corps prendre le pouvoir en présence d'inconnus.

Mais rebrousser chemin, ça signifie que lorsqu'elle s'attellera à son journal, elle devra admettre qu'une fois de plus, elle a laissé ses peurs décider pour elle. Que ce jour-là encore, elle n'a pas osé. Et ça, c'est pire que de se ridiculiser dans un cours de danse.

Alice sourit bravement à Jenny et entre dans la salle.

Très vite, Alice a la confirmation que ce cours de danse ne ressemble en rien à ceux qu'elle a fréquentés dans sa jeunesse. Dans le vestiaire déjà règne une bienveillance étrange. Les gens qui se retrouvent se donnent des *hugs* durant de longues minutes, et l'amour qu'ils semblent se porter crève les yeux.

Pendant quelques secondes, Alice s'imagine qu'elle est tombée dans un de ces lieux étranges qui camouflent des partouzes sous des noms de loisirs au-dessus de tout soupçon… Massages, yoga, et pourquoi pas « danse des cinq rythmes ».

Mais cette pensée s'estompe rapidement.

Il règne quelque chose de beaucoup plus sain qu'ailleurs. Les gens ne se jugent pas, se sourient, Mathilde parlerait même d'ambiance Bisounours, se dit Alice, en se demandant soudain pourquoi la bienveillance est toujours associée à ce nom de dessin animé ridicule.

Très vite, la musique la sort de ses réflexions. Timidement, elle rejoint la grande salle de répétition, où les miroirs ont été dissimulés sous des draps. Cela fait partie du concept, il faut échapper à son propre regard pour éviter de se juger… Ce qui, pour une débutante comme Alice, est plutôt une bonne nouvelle. Et en effet, autour d'elle, ceux qui ont déjà commencé à mettre leur corps en mouvement ne se soucient pas des autres. Alors qu'elle hésite encore à se lancer, Jenny vient lui parler doucement à l'oreille.

— Sens-toi libre de faire ce que tu veux, du rien au tout, ce que la musique t'inspire, exprime-le comme tu le sens, et surtout n'aie jamais peur du ridicule. Certains peuvent crier, d'autres pleurer, d'autres rester dans un coin tout le cours… Ici, c'est ton expérience à toi, un cadeau que tu t'offres… Et que je t'offre aussi, lui dit-elle malicieusement, puisque c'est ton cours d'essai… Bon voyage…

Et Jenny s'éloigne aussi discrètement qu'elle est arrivée, oscillant au rythme parfait de la musique, telle une raie dans l'océan, un objet dansant non identifié au regard des autres, simplement connecté à sa plus intense vibration.

Soudain, Alice reconnaît le jeune homme qu'elle avait rencontré en descendant sa poubelle. Il lui sourit.

— Je ne pensais pas vous voir ici.

— Je suis venue essayer, dit-elle timidement.

— Vous n'allez pas être déçue !

Et il commence à danser devant elle tout en lui adressant un petit clin d'œil.

Jenny revient la voir le temps de lui expliquer brièvement le principe de la danse des cinq rythmes. Il est simple : proposer cinq rythmes universels, dont le premier porte sur l'enracinement. Il s'agit de sentir ses pieds connectés au sol, à la terre, en faisant des mouvements fluides et légers. En y réfléchissant, Alice réalise qu'en général elle marche en ruminant dans sa tête, mais n'a jamais expérimenté le fait de sentir ses pieds connectés à la terre.

Un peu plus tard, elle découvre le *staccato*. Jenny précise qu'il encourage à être en prise avec son feu intérieur, mais en observant les autres danseurs Alice se dit que l'exercice consiste surtout à danser sur du Michael Jackson comme si elle était un peu éméchée, voire carrément bourrée. Elle se surprend pourtant à s'abandonner, c'est plus difficile en étant sobre, mais elle se laisse porter par la musique et fait de son mieux pour oublier le regard des autres. Même le jeune homme de la poubelle, dont elle apprend qu'il s'appelle Julien, ne l'impressionne plus. Tout le monde danse, s'ignore ou se regarde avec bienveillance, sans essayer de se séduire, sans songer à se juger, à se jauger.

Alice est enfin présente à son ressenti, et à un moment elle s'autorise à lâcher un petit cri de joie, et même un rire. La danse, elle le sent, débloque en elle une timidité finalement assez stupide. Résonne ensuite un rythme tribal, celui du chaos, qui doit conduire au lâcher-prise. Jenny passe tout près d'elle et lui murmure que cette phase a pour objet de nous nettoyer de nos conditionnements, de nous défaire de tout ce qui nous empêche de vivre comme on le souhaite. Alice a soudain envie de se mettre par terre, de s'allonger et de regarder le plafond. Ne rien faire est son moment à elle dans ce rythme chaotique. À cet instant, elle n'aspire à rien d'autre.

Lorsque le rythme lyrique prend le relais, une douce et merveilleuse joie l'envahit, un sentiment de paix, comme après une bonne nuit d'amour. Le rituel s'achève par ce que Jenny nomme le *stillness*. Ses explications effleurent Alice sans la toucher, il est question d'immobilité en mouvement et elle ne comprend rien, mais décide que ça n'a aucune importance.

Le cours devrait s'achever, mais Jenny ajoute un exercice en demandant à chacun de choisir un partenaire. Alice se retrouve associée à une jeune femme qui lui rappelle sa fille. Au sein des binômes, chacun doit danser à tour de rôle tandis que l'autre le regarde. Ceux qui les observent forment un grand cercle autour des danseurs. C'est Alice qui commence. Pendant toute sa danse, elle prend soin de faire attention à la jeune fille, de lui envoyer des sourires pour qu'elle ne se sente pas trop seule ou désœuvrée. Mais quand vient le tour de la jeune fille, celle-ci ne lui jette pas un regard. Elle se contente de danser.

Et bizarrement, Alice le vit mal… Puis elle réfléchit. Pourquoi s'est-elle sentie obligée de rassurer la jeune fille quand c'était son tour, et pourquoi se sent-elle maintenant délaissée par une jeune fille qu'elle ne connaît même pas ?

En fait, la jeune fille applique la consigne à la lettre : danser librement au sein de ce cercle protégé. À aucun moment il n'a été demandé de se mettre en contact avec la personne qui regarde. Mais elle, Alice, a voulu rassurer son binôme plutôt que de s'investir à fond dans sa danse.

Petit à petit, cet exercice lui permet de comprendre combien elle a peur que les autres se sentent abandonnés. Et que cette peur vient de celle, plus ancienne, d'être elle-même abandonnée.

Il est 22 heures quand elle retourne chez elle. Fatiguée physiquement mais régénérée dans chacune de ses cellules. Danser a ravivé ses meilleurs souvenirs… Elle a tellement aimé la période des boums… Alors que les adolescents timides rasaient les murs, elle était toujours la première à se lancer, et la dernière à partir. Plus tard, lors des soirées entre amis où elle allait avec son mari, elle était encore celle qui occupait le plus la piste de danse. « Faut que tu te calmes », lui avait dit Laurent à un mariage, et depuis elle avait refréné ses ardeurs. « T'es pas Beyoncé, ma chérie », avait-il ajouté, certes sur le ton de l'humour, ce à quoi elle avait souri en lui donnant raison.

Elle saisit son carnet (r)ose :

Chère Moi,

Donc je sais toujours danser. Donc je n'ai pas eu honte de danser devant des gens, même pas bourrée. J'ai même lâché quelques cris, de joie mais aussi de colère. Tout le monde criait, hurlait, riait en dansant, mais ce n'était pas vraiment de la danse. C'était l'expression de mes sentiments, de mes émotions surtout. Oh, peuchère, comme disait ma grand-mère, qui aurait tant aimé être danseuse, que j'ai adoré ça !

Ça me fait penser au magazine que j'ai feuilleté l'autre jour, il y avait un article qui ne parlait que de ça : « être au plus près de ses émotions », je ne comprenais absolument pas de quoi il s'agissait, et aujourd'hui, c'est devenu clair.

Et je me dis que c'est une chose d'essayer d'être soi, au plus près de ses émotions, et c'en est une autre de l'être vraiment tout en étant EN MOUVEMENT.

Comme la maison de ma grand-mère me manque, et comme j'ai aimé nos danses improvisées dans la cuisine... Le mouvement, ça change la donne. Quelle que soit ton émotion, elle ne reste pas figée car elle est... en mouvement. Bouger, c'est le remède le plus simple pour bousculer ses états d'âme. C'est de la physique en fait. Et ça me semble évident, même si j'ai quitté la filière C en seconde et que je haïssais la physique. Je me rappelle que j'étais allée voir la prof au bout de trois cours et que je lui avais dit : « Mettez-moi zéro tout de suite et pour toute l'année, je passe en A, je suis une littéraire, votre cours m'a au moins appris que je n'étais pas faite pour la filière scientifique. » D'ailleurs, pourquoi m'étais-je retrouvée en C ? Je le savais déjà, que je n'aimais pas les sciences, je ne m'intéressais qu'au dessin et aux livres... Ah oui, ma mère voulait être médecin, et à son époque, elle n'avait « pas eu le choix » car elle était enceinte de moi, bla bla bla... Donc, pour réparer sa vie, je devais m'engager dans son rêve à elle.

Parfaitement logique pour elle. Du grand n'importe quoi pour moi.

Un peu comme si j'avais forcé Chloé à intégrer une école d'art.

En fait, la culpabilité que les parents nous mettent sur le dos, inconsciemment, nous empêche de vivre notre vie. Si on suit leurs désirs, on se retrouve à vivre une vie en demi-teinte qui n'est pas notre rêve, et pas tout à fait le leur, puisque de toute façon ce n'est pas leur vie. On ne peut pas être loyal à ses parents au point de vivre une vie qui ne nous correspond pas, ni être loyal à son mari au point de se renier. C'est pourtant ce que j'ai fait la majeure partie de mon existence... Je vais finir par croire que je devrais être reconnaissante à Laurent de m'avoir quittée !

Ça doit être la danse, tout ce mouvement que j'ai mis en moi, me voilà partie dans ma tête, avec ma mère en « culpa » et ma grand-mère en « peuchère », deux générations de femmes qui n'ont pas vécu leur vie et que j'ai essayé, comme un pantin mal articulé aux fils usés, d'animer avec des rêves qui n'étaient pas les miens...

Pinocchia, voilà ce que j'étais avant. Je me mentais et je laissais les uns et les autres tirer sur mes fils et diriger ma vie, qu'il s'agisse de mon mari, de mes parents ou de mes enfants.

Eh bien, les chéris, Pinocchia a une mauvaise nouvelle pour vous. Elle a trouvé des ciseaux, elle a coupé les fils, et comme la Cigale de La Fontaine, elle s'est mise à danser maintenant.

Oh, peuchère, que c'était bon, la danse !

PS : C'est bien la dernière fois que j'emploie ce « peuchère » venu d'un autre temps ! Mais c'est fou comme ça m'a fait du bien de sentir l'énergie de ma grand-mère... Et je crois bien que ce soir elle était un peu en moi quand j'ai dansé.

Chapitre 9

Les pas d'Alice résonnent alors qu'elle pénètre dans le salon vide. Agenouillée sur le sol, son amie Hélène achève de scotcher un carton.

— Tu as fini ? Génial, on va pouvoir aller au ciné…

— Non, je n'ai pas fini, répond Hélène d'une voix morne.

Alice jette un œil dans la cuisine. Les étagères et le plan de travail sont impeccables, et pas un objet ne traîne ; elle avance vers la chambre, où les placards ouverts et une pile de cartons lui confirment que là aussi, son amie a tout emballé. Elle revient dans le salon.

— Je ne comprends pas.

Sans un mot, Hélène désigne l'autre porte que dessert le salon, et qui mène à la chambre de son fils Yann. Alice s'avance, entre dans la pièce et s'arrête net sur le seuil en découvrant le lit défait et un fouillis indescriptible. Comparé à l'appartement vide, le contraste est frappant. Elle se tourne vers son amie.

— Tu l'as gardée pour la fin ? lui demande-t-elle d'une voix mal assurée.

Hélène secoue la tête.

— Oui… mais en fait, je n'y arrive pas. C'est pour ça que je souhaitais que tu viennes, il faut que tu m'aides.

Alice détourne les yeux.

— Je ne crois pas que tu aies appelé la bonne personne, je dors toujours dans le salon pour ne pas toucher aux chambres des enfants.

— Sérieux ? Mais les tiens vont revenir, au moins de temps en temps, moi j'ai les déménageurs qui arrivent demain à 8 heures et pas de chambre pour Yann dans mon nouvel appartement.

— Comment ça ?

— Il m'a dit que ce n'était pas la peine, qu'il louerait un studio en rentrant de Madrid. C'est logique, non ? Qui revient chez sa maman après quatre ans d'études à l'étranger ? J'ai voulu tricher, prendre une deuxième chambre qui servirait de chambre d'amis et me permettrait de l'accueillir à son retour, mais les loyers sont tellement chers… Et il a déjà emporté les affaires qu'il voulait garder. Alors voilà. Ma sœur va récupérer le lit et les autres meubles iront chez Emmaüs, mais tout le reste… Je sais que je devrais tout donner ou jeter, mais c'est l'enfer, ça me fait tellement de peine…

Hélène est trop émue pour achever sa phrase.

— On va y arriver, lui dit Alice, sans trop savoir si elle parle à son amie ou à elle-même. Il n'y a pas de raison de tout jeter, l'essentiel doit partir mais tu garderas ce qui te tient le plus à cœur, d'accord ?

Elle retourne dans le salon, attrape une pile de cartons et en passe un à son amie.

— Un seul carton, d'accord ? En voilà un pour mettre ce que tu emporteras dans ton nouvel appartement. Le reste dans les autres. Allez, on y va !

La sonnerie se fait de plus en plus insistante. Dehors, il fait grand jour.

— Merde… soupire Hélène en se redressant.

Il était plus de 2 heures du matin quand les deux amies ont fini de trier le contenu de la chambre ; épuisées, elles se sont allongées sur le lit de Yann pour souffler un peu, mais au bout de cinq minutes elles se sont endormies, couchées côte à côte sur le lit une place. Autour d'elles, des cartons remplis de vêtements et de livres, et deux gros sacs-poubelle.

Alice ouvre péniblement les yeux. Plus réactive, Hélène s'est précipitée à la porte. Le temps qu'elle émerge du sommeil, les voix des déménageurs résonnent déjà dans le salon.

L'un d'eux entre dans la chambre, il salue Alice tandis qu'Hélène s'approche d'un carton grand ouvert et débordant de papiers, d'objets et de dessins.

— Ici, c'est le seul carton qui est à emporter.

— Pas comme ça ! objecte le déménageur. On ne prend que des cartons fermés. Ce n'est pas pour être désagréables, c'est juste qu'à peine on l'aura soulevé, la moitié des affaires tombera par terre, et on en perdra encore en route.

Hélène regarde Alice.

Elle hésite un instant puis hausse les épaules dans un geste d'impuissance.

— Tu peux t'en charger ?

Restée seule, Alice s'approche du carton.

La veille, face à la pile d'objets qui enflait à vue d'œil, elle s'est vite doutée que l'objectif du carton unique ne serait pas tenu, mais comment convaincre

Hélène d'aller encore plus loin dans la purge alors que, pour elle, chaque objet écarté représentait un renoncement, voire un sacrifice ?

Patiemment, elle vide le carton et réexamine un à un chaque souvenir que son amie a souhaité garder. Les anecdotes qu'Hélène lui a racontées résonnent encore dans sa tête et lui servent de curseur pour définir ce qui doit être conservé. Elle prend son téléphone et photographie une coupe de champion de judo de Yann, trop volumineuse pour être gardée, et contemple le reste à regret. Alors qu'elle s'apprête à tout renverser dans un des sacs-poubelle, elle met de côté un billet d'entrée au Parc Astérix, un jeton valable pour un tour de manège, la carte de collège de Yann en sixième, un forfait de ski, le dessin d'un père Noël obèse, et un poème de Desnos écrit et illustré avec le plus grand soin.

Elle met le tout délicatement dans une pochette qui était dans son sac et regarde sa montre. Il est 9 h 30, l'heure pour elle de retourner à Happy Home.

Chapitre 10

Alice s'assied sur l'unique tabouret de la réserve. Chargée par sa responsable de réorganiser les stocks, elle a commencé avant l'ouverture et ses bras lui font mal. Entre la nuit dans la chambre de Yann et l'immersion dans les coulisses du magasin, Alice a l'impression que toute sa vie n'est que tri et rangement.

Sur le sol, elle a posé un cadre qu'elle ne sait où placer, son style ne s'apparentant à aucun thème. Quelle idée d'avoir glissé l'illustration d'une plage de sable fin dans un cadre faisant partie de la collection provençale !

Machinalement, elle attrape un set de table uni et s'en sert pour recouvrir le décor du cadre. Elle en ajoute deux autres, de façon à cacher totalement les illustrations. Nettement mieux. Idéal pour un pêle-mêle. Poursuivant sur sa lancée, elle attrape son sac et en sort les dessins et souvenirs qu'elle a pris chez Hélène. Elle les pose un à un sur le fond jusqu'à ce qu'ils forment un ensemble harmonieux. Puis elle décale légèrement un dessin, intervertit un souvenir avec un autre, perfectionne la composition… Enfin, chacun est à sa place. Pas mal du tout, se dit-elle en contemplant son travail.

Dans le bus qui la ramène chez elle, Alice songe à la soirée passée avec Hélène. Elle se revoit déployant des trésors d'énergie et de douceur pour aider son amie à vider cette chambre qui condense les vingt années les plus précieuses de sa vie. Le déménagement d'Hélène ne lui laissait guère le choix ; pour Alice, c'est différent. Aucune urgence ne la force à faire de même. Juste la logique, l'évidence. Quoi de plus absurde que de continuer à dormir sur ce canapé-lit inconfortable alors que les deux chambres de son appartement sont vides ? Il faut battre le fer pendant qu'il est chaud : autant poursuivre le travail chez elle, décide Alice en poussant la porte de son immeuble.

La chambre de Lucas, c'est celle-ci qu'elle doit se réapproprier ; lui non plus ne se réinstallera pas dans leur appartement à la fin de ses études, et quand il vient à Paris, il passe tant de temps chez ses copains et si peu chez elle qu'il lui a proposé de reprendre sa chambre il y a plusieurs mois déjà.

Si seulement elle en était capable.

Alice tourne en rond, cherche du courage, mais tout ce qu'elle réussit à faire, c'est débarrasser le bureau de son fils. Elle est incapable de toucher à sa table de nuit, encore moins de s'attaquer aux vêtements restés dans ses placards.

Elle aussi, elle aurait bien besoin d'une amie pour l'accompagner dans ce douloureux moment ; personne ne devrait être seul pour faire son deuil, se dit-elle, car c'est bien de cela qu'il s'agit.

Il y a peut-être des gens dont c'est le métier ? Après tout, il y a des spécialistes en tout, il suffit de chercher sur Internet.

Une heure de navigation et Alice est toujours à la dérive. Des professionnels du tri, il y en a ; des rois du rangement également, mais Alice n'a pas trouvé un seul site qui traite de l'épineux problème de l'oiseau envolé. Elle tente quelques coups de fil pour exposer sa requête, mais un à un ses interlocuteurs lui déballent un discours tout fait : l'un lui explique les bienfaits du feng shui, l'autre évoque les acariens et la poussière qui se nichent dans les vieilleries entassées, le dernier lui vante la légèreté que procure l'acte de jeter.

Personne ne l'écoute, personne ne l'entend.

Elle croit être arrivée sur le bon site en tombant sur un article consacré à ceux qui doivent jeter des objets à forte valeur sentimentale, mais la thérapeute consultée n'a rien d'autre à suggérer que de tout mettre à la cave pour remettre l'épreuve à plus tard. En deux mots, faire l'autruche. Non seulement Alice n'a pas besoin de conseils dans ce domaine, mais elle se dit qu'elle pourrait même en donner si on lui en demandait.

Elle change de méthode et passe aux tutoriels ; tous dispensent une foule de conseils pratiques. Se débarrasser de tout ce que l'on n'a pas utilisé ou porté depuis un an au moins, ne conserver que ce qui rend joyeux, se demander si chaque meuble ou objet est à l'image de la maison dont on rêve… D'après une spécialiste, suivre ces consignes permet de vider une pièce en quarante-cinq minutes chrono. Pratique, efficace, mais en ce qui concerne les affaires de son fils, Alice se dit qu'être efficace, c'est être inhumain.

Au fil des sites consultés, un mot revient sans cesse : « rentabiliser » – rentabiliser l'espace, rentabiliser l'énergie, rentabiliser les volumes… Est-ce qu'on rentabilise l'absence d'un enfant ? Encore un mot froid, à des années-lumière de sa réalité.

Une série de SMS arrive sur son téléphone : les photos du nouvel appartement d'Hélène. Suivie d'un message laconique : « J'y suis. »

Les meubles sont à leur place, mais les murs sont vides, et la vie ne s'est pas encore emparée des lieux.

Alice propose aussitôt à son amie de passer la voir le lendemain soir. « Je vais lui apporter une plante », se dit-elle, et une bonne bouteille de vin. « Quoi d'autre ? » Le pêle-mêle !

Elle va lui en fairc un, comme celui qu'elle a improvisé dans la réserve, mais en bien plus beau.

Son cœur se serre en rouvrant ce qu'elle appelle sa « malle aux trésors », et qui renferme son matériel et les travaux effectués dans l'espoir de devenir styliste, mais elle chasse ses regrets pour se concentrer sur sa tâche. Elle ressort la série de feuilles présentant les collections qui lui ont permis de décrocher la promesse d'embauche si vite oubliée. Différentes fleurs japonaises, des parchemins aux écritures anciennes, des motifs minimalistes pour origami ou des frises géométriques pour salles de bains. Soudain, elle s'arrête sur une feuille représentant une partition. Celle-ci sera parfaite pour Hélène : les notes dansant sur les portées donnent un sentiment de légèreté tout en racontant une histoire, avec ses hauts et ses bas.

Elle la pose sur le bureau de Lucas, attrape un pot de colle dans sa malle et va chercher l'enveloppe de souvenirs de Yann. Avec un soin infini, elle les dispose un à un sur la partition, perfectionnant la composition qu'elle avait ébauchée dans la réserve. Enfin, quand l'ensemble lui semble parfait, elle colle délicatement chaque élément.

Il ne reste plus qu'à trouver un cadre – rien de plus simple lorsqu'elle sera chez Happy Home le lendemain.

Chère Moi,

J'ai expérimenté le bonheur de faire ce que je préfère. En faisant ce collage, j'ai pensé à Hélène et à ses proches... Pendant quelques heures, j'ai fait ce que j'aime intensément. Créer. Assembler. D'ailleurs, je devais aller au pressing et j'ai laissé passer l'heure. Je pensais qu'il n'était que 18 heures alors qu'il était plus de 20 heures... Ça doit être ça, la relativité du temps. Pour une fille qui n'aime pas la physique, j'en parle beaucoup.

Le temps, oui, il s'est échappé, car ma créativité l'a comme... avalé. Je n'étais plus Alice qui fait un cadre pour son amie Hélène, j'étais transformée, on aurait dit que j'étais elle, Hélène, je ressentais toute sa vie au travers de tous ces objets, les symboles de sa vie. La vie n'est faite que de symboles, je m'en suis bien rendu compte ce soir. En réalité, il n'y a pas une si grande séparation entre soi et les autres ; se mettre à leur place, c'est une autre façon de les aimer. Se mettre vraiment à leur place, sans laisser d'espace au jugement ou à la distance. C'est drôle, les Américains disent in one's shoes, *« dans leurs chaussures ». Nous, on parle de place.*

Mais quelle place ? Celle du cœur, il me semble, celle du lien affectif à la personne, et cela n'est possible que quand on s'oublie un peu, ou plutôt qu'on oublie la petite voix dans sa tête. Celle qui a tenté de me dire : « Mais ma pauvre, tu te crois créative, tu ne vois pas que ce que tu fais est inutile, elle va trouver ton cadeau ringard »...

Je lui ai bien fermé son clapet, à ce démon, d'ailleurs je vais l'appeler Fourcha, parce qu'elle est toute rouge avec une petite langue fourchue quand elle me parle. Eh oui, c'est une fille, normal puisque c'est MON mauvais génie ! C'est ce que les calés du développement personnel appellent le mental. Moi, je l'appelle le rabat-joie, l'escargot ou Fourcha ! Voilà...

De l'autre côté, j'avais Raiponce (oui, mon double en version ange ressemble à princesse Raiponce, je ne sais pas pourquoi), et peut-être que c'est aussi une réponse à ce mental perturbé et perturbant. Et je peux te dire, depuis que je t'écris, journal, que Raiponce envoie des réponses bien salées salées à Fourcha. D'ailleurs, suis-je en train de devenir schizophrène ? C'est typiquement le genre de question que Fourcha pose. Instaurer le doute, ou plutôt le distiller, l'air de rien.

Mon collage est ravissant, j'ai adoré le faire, ressentir la connexion avec Hélène et mettre ma créativité au service de ce qu'a été sa vie de maman.

Je l'ai réalisé pour elle, et finalement je m'en sens gratifiée. Le cadeau que je lui offre, c'est à moi que je l'ai fait...

Allez, je vais me coucher. Fais de beaux cauchemars, Fourcha, toi qui as rempli mon disque dur, trop dur.

Tu ne m'impressionnes pas, car ce soir, mon disque est doux...

Chapitre 11

— Vous vous souvenez de moi ? L'emmerdeur qui avait cinq minutes pour acheter…

— … une lampe, complète Alice.

— Exactement… Je suis content que vous ne m'ayez pas oublié, même si je doute que ce soit pour de bonnes raisons. Vous voulez bien m'aider ?

— Bien sûr. Qu'est-ce qu'il vous faudrait ?

— Des verres à vin, les miens sont trop fragiles, ils sont presque tous cassés.

— On a l'embarras du choix, je vais vous montrer. Vous me donnez combien de temps, trois minutes ? Quatre ? lui demande Alice en souriant.

— Vous n'allez pas me croire, mais je suis prêt à aller jusqu'à dix !

— Quel luxe, s'amuse Alice. Suivez-moi.

Un quart d'heure plus tard, ils sont encore en train de bavarder gaiement quand résonne le message informant les clients de la fermeture imminente du magasin et les invitant à se diriger vers les caisses.

Alice y accompagne son client, portant avec lui les verres qu'il a choisis.

Au moment où elle s'apprête à le quitter, il la retient, un peu maladroitement.

— J'aurais bien prolongé un peu notre conversation… Vous êtes pressée, ou je peux vous emmener prendre un verre ?

Surprise, Alice hésite.

— Juste un verre, insiste-t-il, si vous voulez, on peut même rester dans le centre commercial…

— Ah non, proteste-t-elle, j'y suis enfermée toute la journée, ça me suffit !

— Vous avez raison. Je vous laisse prendre vos affaires, je vous attends devant.

Alice s'exécute. Elle n'a pas accepté la proposition du client mais elle ne l'a pas refusée non plus, et le fait que quelqu'un ait pris une décision à sa place lui semble assez agréable pour qu'elle se laisse porter.

Ce n'est qu'au moment où elle retrouve son client devant le magasin que la gêne monte d'un coup. Il attend Alice sur le côté, discrètement, et lui sourit en l'apercevant. Jusqu'à présent, elle n'avait pas pris le temps de le regarder vraiment, et elle se dit qu'au-delà de sa panoplie costume cravate, il y a quelque chose de décontracté dans son attitude qu'elle trouve très sympathique. Depuis combien de temps un homme n'est-il pas venu la chercher pour l'emmener quelque part ? Alice réalise soudain que la dernière fois qu'elle a retrouvé un homme qu'elle connaissait à peine pour aller prendre un verre, il s'agissait de son mari. Depuis, elle a tout oublié des premiers rendez-vous, des moments où l'on se raconte, où l'on se découvre, où l'on se séduit mutuellement. Est-ce de cela qu'il s'agit ? À cette idée, les battements de cœur d'Alice accélèrent ; trop d'enjeux, trop peur de ne pas être à la hauteur. De quoi vont-ils parler ? Il va lui poser des questions, il se rendra compte qu'elle n'a rien d'intéressant à raconter, il s'ennuiera et il prendra ses jambes à son cou, voilà. Si seulement elle avait eu le temps d'anticiper, de chercher des sujets de conversation, si seulement elle avait mieux choisi ses vêtements et s'était maquillée avec plus de soin… Mais c'est sans doute mieux comme ça, se dit Alice : si elle avait trop réfléchi, elle se serait défilée. Là, il n'y a rien d'autre à faire que de lui emboîter le pas tandis qu'il l'entraîne vers le café le plus proche.

— Je commence à avoir faim, ça vous dit d'aller manger un morceau ?

Alice regarde sa montre et n'en revient pas : plus d'une heure s'est écoulée, et elle n'a pas vu le temps passer. Il n'y a pas eu de blanc, pas de moment gênant, et elle se sent incroyablement légère. Est-ce que cet homme lui plaît ? Elle n'en sait rien. Est-ce qu'il lui plaît assez pour qu'elle dîne avec lui ? Peut-être. Mais c'est avec Hélène qu'elle a rendez-vous ce soir, et pas une seconde elle n'envisage de la laisser tomber à la dernière minute.

— Je vais dîner chez une amie, en fait je suis déjà en retard et je dois filer. Mais merci pour le verre, c'était très sympa !

Alice s'engouffre dans la bouche de métro en veillant à ne pas heurter le cadeau emballé dans un sac Happy Home. À l'intérieur, le cadre dans lequel elle a inséré le pêle-mêle conçu pour Hélène. Elle se revoit au petit matin dans la chambre de Yann et songe que ce n'était pas un hasard si elle avait emporté ces souvenirs sans rien en dire à son amie. Elle aurait pu les replacer dans le carton, elle aurait pu les mettre de côté pour les lui donner plus tard, mais il n'a jamais été question de cela. Elle a simplement cédé à une impulsion, et le sens de son geste est apparu ensuite. Encore une fois, suivre son instinct s'est révélé bénéfique. Tout comme lorsqu'elle a accepté de suivre… comment s'appelle-t-il ? Et zut, elle n'a même pas pensé à le lui demander… « M. Lampe » – même chose quand elle a décliné son invitation à dîner.

Alice se sent fière, car elle sait qu'à ce moment-là ce n'est pas la peur qui l'a guidée, mais ce qu'elle ressentait profondément. Le verre partagé ensemble était très agréable, mais c'était suffisant pour cette fois, et il n'était pas question de passer plus de temps avec cet homme au détriment de son amie. En décidant de partir, elle n'a écouté qu'elle-même, sans se demander s'il allait la trouver coincée ou rabat-joie.

En découvrant le pêle-mêle, Hélène ne dit pas un mot ; elle l'examine en détail puis, toujours en silence, elle prend son amie dans ses bras et la serre longuement contre elle. Un moment qui restera gravé dans la mémoire d'Alice, car pour la première fois depuis longtemps, elle a le sentiment d'être parfaitement à sa place.

Chère Moi,

J'ai pris un verre avec M. Lampe. Autant ne pas faire durer le suspense et te balancer d'entrée la grosse info du jour. C'est énorme, ce moment. Je n'ai pas eu peur, je ne m'y attendais pas. Il est apparu, derrière une... lampe, comme le génie d'Aladdin (je crois vraiment que j'ai passé trop de temps à fréquenter mes enfants, je n'ai que des références de personnages Disney !).

D'abord, il m'a proposé d'aller boire un verre. Évidemment, Fourcha avait sorti l'artillerie lourde, mais je l'ai renvoyée dans sa lampe, une vieille lampe rouillée au fond de la réserve, et j'ai suivi mon bon génie.

Non mais quand même, aujourd'hui 20 septembre, je suis allée boire un verre avec un inconnu (« Un nain connu », me dit Fourcha, je lui réponds : « Il s'appelait Grincheux, mais maintenant c'est plutôt Joyeux », on ne quitte pas l'univers Disney si facilement !).

Si j'avais eu rendez-vous avec lui à l'avance, j'aurais :

– eu peur ;

– passé des heures à me prendre la tête ;

– probablement annulé.

Je me serais sentie gourde, mal habillée, mal coiffée, ce que j'étais par ailleurs, mais ça ne m'a pas dérangée, car il était là devant moi, avec un désir clair répondant à un désir caché en moi. L'envie d'aventure, d'inconnu et de rencontre. L'envie de sortir enfin du chemin tracé. Comme s'il m'avait fait comprendre que la routine est la rouille de la vie.

Donc, super sympa ce M. Lampe, pas du tout mon genre, d'ailleurs ai-je un genre après trente ans de mariage et de fidélité ? Non. Un genre est une statistique et une statistique doit se dégager d'un nombre minimal de sujets. Mon nombre étant ultra-minimal (trois hommes au total, ça fait rire Mathilde !), non, je ne peux pas dire que j'ai un genre. Mais je sais que, si l'on m'avait montré sa photo, je n'aurais pas souhaité le rencontrer.

Peu importe, notre dispute autour des lampes a brisé la glace, voire apporté de la lumière sur qui on était vraiment. Je n'ai pas eu à simuler qui j'étais, une pauvre vendeuse dans une boutique pleine d'objets très certainement fabriqués par des enfants de moins de dix ans (c'est la dernière fois que je pense à ça, sinon je vais vraiment finir par démissionner et je ne pourrai plus m'engueuler avec des clients qui m'emmènent boire des verres). Pas de triche, il savait qui j'étais. Je suis sûre que, si on m'avait annoncé « Je vais te présenter quelqu'un », je me serais mis la rate au court-bouillon, comme disait ma grand-mère (décidément mise à contribution dans ce journal), et je me serais démenée pour ne pas être moi... Alors que clairement, cet homme voulait passer du temps avec MOI.

Que ce soit une évidence pour lui a rendu la chose simple pour moi aussi. Je vaux la peine qu'on s'intéresse à moi, vendeuse ou pas vendeuse, vieille ou pas, complexée ou pas. Finalement, comme disait le journal dans la salle d'attente du docteur Maurier, le fait d'être observé de manière neutre et sans jugement, voire avec un minimum d'attention, nous transforme. Et j'ai l'impression qu'avec son regard bienveillant, M. Lampe a transformé la personne que j'étais, il lui a donné de la valeur.

Depuis quelques jours, je m'entraîne à être moi-même un observateur neutre et bienveillant. Je n'y arrive que cinq minutes par vingt-quatre heures environ, mais c'est fou comme ça change mon ressenti sur le reste de la journée... Et j'avoue que le vivre et l'accepter quand ça vient de l'extérieur est encore un pas plus intéressant sur la route qui mène à... MOI ?

J'avoue également m'être enfuie. Très vite. Je balbutie sur ce nouveau chemin du moi aventurier, et, surtout, je ne voulais pas faire une « mathilderie » à Hélène. J'en ai trop souffert. Et puis quoi ? On aurait dîné ensemble, bu un peu de vin, et seraient venues les terribles questions : « On va boire un dernier verre ? Où ? Pour quoi faire ? » Bref. Je ne suis pas prête. À ça. J'étais juste prête à accepter l'arrivée d'un regard extérieur bienveillant.

Souvent, quand une opportunité se présente, j'ai tendance à brûler les étapes et à me bagarrer avec mon mental (ah oui, je te reconnais maintenant, tu t'appelles Fourcha), je déroule tout le fil de la soirée, de l'avenir, et je me retrouve dans une impasse. J'oublie que c'est moi qui l'ai créée, et l'image même de cette impasse m'effraie et me fait refuser ce que la vie pourrait m'offrir.

M. Lampe a eu le mérite de ne pas me laisser le temps de construire cette impasse, et surtout il (je ?) me montre que c'est moi qui fabrique mes propres limites.

Il a court-circuité Fourcha, quelle bonne idée !

Ah, un dernier mot. Le collage d'Hélène. Elle a pleuré et m'a fait pleurer. J'ai réalisé à quel point il est salvateur de fabriquer quelque chose, de matérialiser les émotions confuses qui nous habitent. Que ce soit par l'écriture de ce journal, par un dessin, un collage, une danse... Ça paraît un peu bête, mais ce qui est à l'extérieur n'est plus à l'intérieur. Et ce qui était à l'intérieur me rongeait à petit feu.

Ce tableau, ce n'est peut-être pas grand-chose, mais c'était tout pour elle. Et je crois que ça m'a définitivement enlevé l'idée que je ne servais à rien.

Aujourd'hui est le premier jour où je dis oui à ce que je suis profondément.

Chapitre 12

— Bonjour, vous êtes bien Alice ?

— Oui.

— Je m'appelle Lydia, c'est Hélène qui m'a donné votre numéro. Elle m'a raconté comment vous l'avez aidée à se débarrasser des affaires de Yann, elle dit qu'elle n'y serait pas arrivée sans vous.

— C'est gentil…

— Je suis dans la même situation – le déménagement en moins. Ça fait deux ans que ma fille est partie, elle va se marier l'été prochain, et j'ai tout laissé dans sa chambre comme si c'était un musée ! Je sais que c'est ridicule et j'aimerais avancer, alors je voudrais que vous veniez chez moi faire comme chez Hélène. Je vous paierai, bien sûr.

— Je crois qu'il y a un malentendu, ce n'est pas mon métier. J'ai aidé Hélène parce que c'est mon amie, mais ce n'était pas prévu, j'étais là au bon moment, c'est tout.

— Je sais, elle me l'a dit. Qu'est-ce que ça change ?

— Eh bien… On ne se connaît pas, je ne me vois pas débarquer chez vous et décider quelles affaires de votre fille doivent disparaître alors que vous y tenez tant.

— C'est parce qu'on ne se connaît pas que je trouve ça bien ! Vous ne vous sentirez pas obligée de me ménager.

— Mais j'ai ménagé Hélène, et je n'ai fait que l'accompagner tout au long du chemin. Toutes les décisions, c'est elle qui les a prises.

— Justement, je trouve ça parfait.

— Vous n'avez pas besoin de moi, n'importe laquelle de vos amies pourra faire la même chose.

— Mes amies ne sauront pas faire le collage que vous avez offert à Hélène. En réalité, c'est ça qui m'a décidée. Quand je suis allée chez elle, c'est une des premières choses qu'elle m'a montrées. Elle l'a accroché dans sa chambre. Elle m'a simplement dit : « Tout y est. » Et là, j'ai compris que ça ne servait à rien de garder des millions d'objets.

— Eh bien voilà, vous n'avez plus qu'à passer à l'action.

— Ce n'est pas si simple ! Qu'est-ce qui vous gêne, vous n'avez pas le temps ? Vous travaillez ?

— Ce n'est pas une question de temps, je ne travaille qu'à temps partiel…

— Alors, c'est quoi ?

Alice réfléchit. Elle n'a pas vraiment de raison de refuser. Et de toute façon, quelles que soient ses objections, elle sent bien que Lydia trouverait les arguments pour les combattre.

— Allez, soyez sympa, si vous l'avez fait une fois, vous pouvez le refaire, non ?

— … Je suppose.

— Alors c'est réglé. Vous n'avez plus qu'à réfléchir à un tarif.

— Ah non, si j'accepte, ce sera pour vous rendre service, pas pour vous prendre de l'argent.

— Il ne s'agit pas de me prendre quoi que ce soit, ou alors oui, mais à hauteur du temps que moi, je vous prendrai !

— Du temps, j'en ai, si je peux l'utiliser pour rendre service, ça me suffit…

— Il n'en est pas question, tout travail mérite salaire, c'est aussi simple que ça. Et comme vous me l'avez rappelé, on ne se connaît pas, c'est donc bien d'un travail qu'il s'agit, pas d'un service. On peut définir un taux horaire, si vous préférez. Surtout qu'il y a sans doute plus de choses à trier chez moi que chez Hélène. Les filles, c'est fou ce que ça accumule…

Un tarif horaire ? Alice n'a aucune idée du montant à facturer. Son job de vendeuse lui rapporte environ dix euros de l'heure ; ça ne semble pas excessif de demander la même somme. Et après tout, si elle passe une demi-journée à trier et à remplir des cartons comme elle le fait chez Happy Home, elle sera bien contente de repartir avec cinquante euros en poche.

— Marché conclu ! lui répond Lydia quand elle lui annonce son tarif.

Chère Moi,

La vendeuse s'est autovendue ! J'ai donné un tarif à une inconnue pour un « travail » qui m'a procuré de la joie. Dans ma tête, un travail qui ne me fait pas souffrir, ce n'est pas un travail. D'ailleurs, je me souviens d'avoir lu quelque part que le mot « travail » vient du latin tripalium, *un genre d'instrument de torture à trois pieux... J'ai toujours trouvé ça logique, étant donné le temps que passe Laurent à se plaindre du sien. Donc, première nouvelle, on pourrait travailler, au sens de gagner sa vie, mais sans se torturer ? J'avais totalement oublié que c'était possible depuis le mail de Happy Home me proposant d'être vendeuse au lieu de styliste.*

C'est fou, la résistance que j'ai eue à accepter un travail qui me fait plaisir. Et surtout à mettre un prix sur ce job... Ça m'a permis de comprendre que j'avais du mal à donner de la valeur à ce qui se fait dans le plaisir et la joie. Mais surtout, ce qui me semblait impossible, c'était de donner un prix à ma créativité. Avant, quand je passais du temps sur une peinture, je m'étonnais moi-même du résultat et je me disais que j'y avais mis la plus belle partie de mon être. J'en ai offert quelques-unes, ça ne me serait pas venu à l'idée que je pouvais les vendre. Pourtant, refuser de mettre un prix sur ce qu'il y a de plus beau, même si on n'est pas reconnu comme pro, ou parce que c'est son jardin secret, ça voudrait dire que ce qu'on fabrique n'a pas de valeur. Avec Lydia, j'ai même ressenti comme une honte à considérer que mon temps, mes conseils et un pêle-mêle pouvaient avoir de la valeur. Alors, cher journal, je vais analyser les outils de ma honte à me vendre, comme un procureur général analyserait les différentes preuves sous scellés dans un procès.

Car il s'agit bien d'un scellé, quelque part entre le secret un peu honteux et le désir incertain d'exister comme l'enfant que j'étais : joueuse, créative et même parfois exubérante.

À la maison, je me rappelle les sévères injonctions de ma mère quand je lui montrais mes vingt sur vingt en dessin. Inlassablement, elle me répétait : « Ce n'est pas avec ça que tu gagneras ta vie. » Un jour, j'avais pourtant été capable de lui répondre que Picasso était devenu très riche comme ça, mais elle s'était moquée de moi : « Non mais regardez-moi celle-là qui se prend pour Picasso avec ses gribouillages ! »

La vivacité de ce souvenir coupe Alice dans son flot. L'émotion ressentie, la honte encore cuisante entre le ventre et le plexus, voilà peut-être ce qui l'a empêchée d'être l'artiste qui allait au bout de ses rêves. Elle fait une pause, puis reprend son stylo.

Cette crainte étrange d'être moquée si j'osais faire ce que j'aimais, si j'étais sincère... Trop moi-même. D'où l'escargot qui n'ose pas demander d'argent si on lui propose de faire ce qu'il aime. Être payée pour être qui on aime, ça pourrait pourtant être une clé du bonheur...

Chapitre 13

« J'aurais dû refuser. »

Alice reste plantée à l'entrée de la chambre ; c'est plus fort qu'elle, elle est incapable d'avancer.

— C'est beau, non ? Vous comprenez que ce soit un arrache-cœur de devoir me séparer de tout ça…

Lydia, qui l'a précédée, se tient fièrement au milieu de la pièce. Dès que sa cliente lui a ouvert la porte de l'appartement, Alice a regretté d'avoir accepté de venir. Face à cette femme plantureuse, maquillée, pomponnée, moulée dans une robe au décolleté plongeant et juchée sur des talons de dix centimètres, elle a immédiatement compris que leurs mondes respectifs n'avaient rien en commun. La visite de l'appartement a confirmé cette impression, qui atteint son sommet quand elle découvre la chambre de Victoire, la fille de Lydia.

Alice sait bien qu'elle doit réagir, dire quelque chose de flatteur, mais comment s'enthousiasmer devant cette profusion de rose, une couleur qu'elle n'a jamais aimée, et ces milliers d'objets et accessoires qui font de la chambre une caricature de chambre de fille.

Alice est toujours sur le pas de la porte, et d'un geste Lydia l'invite à entrer, confiante et souriante.

— Je vais tout vous montrer et vous me direz par quoi on commence, déclare-t-elle en ouvrant une armoire.

À l'intérieur, des vêtements rangés par couleurs, dans un dégradé savamment étudié qui rappelle à Alice les boutiques Benetton des années quatre-vingt – heureusement, elle n'est qu'à moitié remplie, et Lydia lui précise que sa fille lui a donné son feu vert pour se débarrasser des affaires qu'elle a laissées. En face, un grand meuble dont la moitié des étagères est couverte de cosmétiques. En passant les tubes et flacons en revue, Alice découvre un tas de produits dont elle ne soupçonnait pas l'existence et dont elle se demande bien à quoi ils servent.

— Vous avez vu comme c'est bien rangé ? lui lance Lydia.

« Il faut vraiment que je trouve quelque chose à répondre », se dit Alice, qui continue à lutter contre l'envie de partir en courant.

— C'est… incroyable. On se croirait dans un laboratoire, finit-elle par lâcher.

— C'est que je suis un peu de la partie ! Je dirige un institut de beauté, alors je connais toutes les marques et je teste un maximum de produits. À cinq ans, ma fille en savait autant que la moitié des esthéticiennes ! conclut fièrement Lydia.

Elle ouvre les portes du meuble voisin ; celui-ci est rempli de maquillage. Plus qu'Alice n'en a utilisé en dix ans. Plus qu'elle n'en a utilisé dans sa vie entière. En réalité, elle ne se maquille quasiment plus, elle met juste un peu de blush, de mascara et de rouge à lèvres pour aller travailler chez Happy Home, et elle trouve que c'est presque trop. La voilà face à la moitié d'une boutique Sephora condensée dans une commode, et l'odeur qui s'en dégage lui monte aussitôt à la tête.

— Vous n'avez pas tout vu, regardez ! s'exclame Lydia en désignant un pan de mur dissimulé par la porte.

Quatre étagères en bois en forme de maison y sont accrochées ; elles sont réparties en petits compartiments dont chacun contient une mini-bouteille de parfum.

— La collection de Victoire. Si vous saviez ce que j'en ai marre de dépoussiérer tout ça !

Tout dans cette chambre esquisse un monde superficiel aux antipodes de celui d'Alice. Les étagères aussi ont été peintes en rose. Du rose, du rose, encore du rose, Alice a l'impression d'être dans une maison Barbie grandeur nature. Dire qu'elle avait pris la peine d'éviter le rose dans la chambre de Chloé et qu'elle a tâché de ne pas enfermer ses enfants dans des couleurs genrées…

— Il y en a autant dans la salle de bains, ajoute Lydia. Comment voulez-vous procéder ?

Alice a bien une idée : tout balancer dans des sacs-poubelle et aérer la pièce, saturée d'une curieuse odeur mêlée de parfum et de sucre. Mais elle se garde bien de suggérer une option si radicale à Lydia, respire un grand coup et propose de commencer par l'armoire.

Loin des quelques heures escomptées, c'est une journée entière qu'il faut aux deux femmes pour venir à bout des affaires de Victoire. En raison du nombre d'objets et accessoires à trier, bien sûr, mais aussi parce que Lydia ne fait rien dans la précipitation, forçant

Alice à déployer des trésors de patience. Pourtant, au bout d'un moment, elle s'est surprise à observer ses gestes gracieux, la façon délicate dont elle saisit chaque objet, se sert de ses mains, se déplace dans la pièce. Peu à peu, elle-même s'est laissé bercer par sa bienveillance et sa douceur, et l'irritation a fait place à une forme d'envie. Jusqu'à présent, Alice a toujours cru que les hommes aimaient les femmes coquettes car elles correspondaient à l'image de la femme-objet et illustraient le fantasme du féminin le plus répandu, mais pour la première fois elle voit au-delà du cliché et se demande pourquoi elle associe féminité à superficialité. Et s'il y avait quelque chose de plus profond et sincère derrière ce qu'elle a assimilé à une façade ?

Alors qu'Alice s'apprête à partir, Lydia lui fixe un rendez-vous pour récupérer le pêle-mêle qu'elle va réaliser pour illustrer l'enfance et l'adolescence de sa fille.

— J'aimerais que vous l'apportiez à mon institut de beauté, précise-t-elle.

— Pas de problème.

— Jeudi après-midi, ça vous irait ? Il faudrait bien compter deux heures…

— Deux heures ! s'étonne Alice. Pour que je vous remette le tableau ?

— Pas seulement. Maintenant, c'est à mon tour de m'occuper de vous ! À quand remonte votre dernier soin du visage ?

— … Je n'en ai jamais fait.

— Vraiment ? Et votre dernière manucure ?

Alice regarde ses mains et les dissimule aussitôt dans ses poches.

— Ça fait un bail. Mais ce ne serait pas pratique, avec tout ce que je manipule au magasin, le vernis ne tiendrait pas longtemps…

— Il tiendrait ce qu'il tiendrait, peu importe ! lui répond Lydia en souriant. Je suis comme Hélène, sans vous je n'y serais pas arrivée, j'aimerais vous remercier en vous offrant un soin du visage et une manucure.

— Vous n'avez pas à m'offrir quoi que ce soit, vous m'avez payée !

— Là, c'est autre chose. J'ai envie de vous faire un cadeau.

— Mais pour quelle raison ?

— Parce que ça me fait plaisir.

— Je ne peux pas accepter, ça me gêne.

— Ça ne devrait pas. Vous m'avez aidée bien au-delà des heures que vous avez passées avec moi. Je pensais que je serais déprimée alors que c'est le contraire, je me sens légère ! Alors laissez-moi vous dorloter un peu.

— Je ne sais pas…

— Dites oui. Vous savez, c'est formidable de donner, mais il faut aussi apprendre à recevoir…

Le soir, les mots de Lydia tournent en boucle dans la tête d'Alice. Qu'a-t-elle voulu dire ? Bien sûr qu'elle sait recevoir, c'est la chose la plus simple au monde, non ?

Chère Moi,

Jusqu'à aujourd'hui, j'avais le sentiment d'être quelqu'un de bon. Altruiste, engagée, aimante. Et j'ai découvert, à mon insu, que je ne l'étais pas. Du moins pas autant que je le pensais. Ou plutôt d'une manière trop sélective pour être honnête.

Je suis très touchée par les personnes fragiles que je rencontre, les marginaux, les exclus, les enfants, tous ceux qui, d'une manière générale, souffrent ou cherchent à se relier à un univers qui leur reste souvent sourd et aveugle. Simplement parce que je me sens concernée par la misère du monde, je me pensais altruiste et généreuse.

Et en ouvrant la porte de celle que mon cerveau a immédiatement qualifiée de « pouffe », Lydia, ma première vraie cliente, j'ai compris que je me permettais de juger quelqu'un parce que l'image qu'il me renvoyait n'en faisait pas à mes yeux un être humain digne d'être gratifié de ma compassion...

Dans mon esprit, une pouffe, c'est une femme qui aime le rose (un euphémisme s'agissant de Lydia), est un peu inculte (au sens intellectuel du terme) et fait attention à son physique comme à un cristal de Baccarat posé dans une vitrine Louis XV. En gros, une Melania Trump en Lycra rose dans une ville de province n'est pas digne de mon intérêt. Mais elle provoque comme une réaction en chaîne de jugements qu'on pourrait presque qualifier de « racistes ». En tout cas, mon jugement a tous les aspects du racisme.

Comme la foule assistant à la « marche de la honte » de Cersei dans Game of Thrones, *j'ai envie de me crier «* Shame, shame, shame ! *».*

D'abord, parlons de la gentillesse de Lydia. La générosité avec laquelle elle a commandé à déjeuner, sa façon de me préparer un café, avec ses grands ongles si joliment manucurés. Elle a sorti une de ces tasses que j'ai toujours rêvé d'acheter mais que je me suis interdit d'avoir, ces petites tasses blanches avec des cœurs tout autour... « J'aime me rappeler l'amour dans ma première tasse de café le matin », a-t-elle commenté, avec son grand sourire impeccable. Sur le coup, je me suis dit « Sans blague ! », coupant de ma guillotine intérieure toute possibilité d'être proche de cette « fille » ; je ne la considérais même pas comme une égale mais plutôt comme une petite princesse un peu décalée...

Tout dans ses gestes était posé, presque lent, et si au début j'ai pensé que c'était pour protéger ses ongles, j'ai vite compris qu'elle mettait une intention d'amour et de délicatesse dans tout ce qu'elle fait. « Le beau attire le bon », m'a-t-elle balancé d'un coup, Platon chez la Belle au bois dormant, qui m'expliquait que depuis quelques années elle se forçait à ralentir chacun de ses gestes, pour y mettre plus d'amour. Une méthode apprise lors d'un stage de massage japonais qu'elle applique aujourd'hui à toute sa vie, m'a-t-elle expliqué au milieu des Barbie et nounours, allongés sereinement sur leur couette en satin rose.

Et puis son dénuement face au départ de sa fille m'a explosé en pleine figure quand elle a cueilli avec son interminable ongle nacré une petite larme au coin de son œil. Alors, j'ai enfin pu l'écouter. Le cœur de cette femme est immense, le lien avec sa fille aussi fusionnel que celui que j'ai avec Chloé, à ceci près qu'en n'ayant jamais eu peur de trop la gâter, elle s'est également fait plaisir, et ce plaisir commun était palpable dans le moindre recoin de la chambre.

Sa fille est entrée à Polytechnique, comme quoi savoir se maquiller n'empêche pas d'être brillante.

Et puis Lydia m'a payée avec un tel naturel, elle tenait vraiment à ce que je reçoive cet argent comme ce qui m'était dû. Elle m'a redonné confiance en moi et veut en plus m'offrir des soins. Qui m'a fait un cadeau ces dernières années, à part les enfants à Noël et pour mon anniversaire ? Personne ! Terrible bilan. Et j'ai dû retenir mes larmes en recevant ce cadeau.

Elle aime si profondément prendre soin des autres, « à commencer par moi-même », m'a-t-elle précisé, avec son sourire aux reflets de gloss. « Eh oui, à commencer par moi... » En fait, elle commence là où je finis... J'ai commencé par les autres, mais quelle valeur cela a-t-il vraiment quand on ne sait pas s'occuper de soi ? La valeur du sacrifice, je crois. Cette femme ne sacrifie rien, elle donne tout. Je l'ai d'abord jugée parce qu'elle incarne des qualités qui sont censées caractériser les femmes : la beauté, la grâce, la patience, la gentillesse, l'attention... Comme si, dans mes critères, être une « vraie » femme était un crime, et qu'il fallait se dissimuler derrière des habits neutres, un maquillage discret, et éviter de mettre en valeur ce féminin qui pourtant adoucirait sans conteste ce monde guerrier et compétitif.

J'ai pris une grande leçon au manoir de Cendrillon, j'en suis ressortie aussi exaltée que si j'avais bu un mélange de champagne et d'eau bénite – drôle de cocktail, qui ne pourrait se boire que dans une tasse couverte de cœurs !

Chapitre 14

Alice finit de saupoudrer du cacao sur le tiramisu et le remet au frais. Elle vérifie la cuisson de l'osso bucco qui mijote, baisse le feu et commence à préparer la crème qui va recouvrir les œufs cocotte. Encore une heure et Lucas sera là. Comme toujours, ses plats préférés l'attendent, concoctés avec amour par une Alice radieuse.

Lorsqu'elle entend enfin sa clé tourner dans la serrure, elle se précipite à la porte et prend son fils dans ses bras avec un tel élan qu'il perd l'équilibre et se rattrape de justesse.

— Toi aussi, tu m'as manqué ! dit-il en riant.

Il attrape son gros sac de voyage par la poignée et le traîne sur le sol. Alice écarquille les yeux en voyant combien il est rempli.

— Tu restes plus longtemps qu'un week-end ? lui demande-t-elle avec espoir.

— Non, mais je t'ai apporté mon linge sale, je n'ai pas eu le temps de m'en occuper ces dernières semaines, j'avais trop de boulot…

— Tu as bien fait, mon chéri, je vais m'en charger. La machine est en panne, en attendant qu'elle soit réparée je vais à la laverie au coin de la rue, je m'en occuperai.

— Cool, merci ! Je vais prendre une douche.

Pendant qu'il s'enferme dans la salle de bains, Alice dresse la table et met les œufs au four. Elle ouvre une bouteille de vin et est en train d'allumer une bougie quand son fils réapparaît.

— C'est beau ! Tu attends quelqu'un ?

— Oui, un invité de marque qui s'appelle Lucas, répond sa mère, pensant à une plaisanterie.

— Sérieux ? Mais je ne dîne pas là, je ne t'ai pas dit ?

— Hein ? Non, tu ne m'as rien dit. Pourquoi ? Tu vas où ?

— Chez les parents de Ben, ils ont invité les cousins et les témoins à dîner pour coordonner les discours et les surprises pendant la soirée.

— Bon. Je vais tout garder pour demain soir alors, l'osso bucco sera encore meilleur…

— Demain, c'est l'enterrement de vie de garçon de Ben ! Mais c'est pas grave, je le mangerai à midi.

— … D'accord.

— Ça sent trop bon, j'ai les boules ! dit Lucas en soulevant le couvercle de la marmite.

— Tu ne veux pas grignoter avant de sortir ? Vous n'allez pas forcément passer à table tout de suite…

Un SMS fait vibrer le téléphone de Lucas, il éclate de rire en lisant le message, répond à toute allure et vient embrasser sa mère.

— Impossible, je suis déjà à la bourre. Mange pas tout, maman, OK ?

Restée seule, Alice contemple la table avec dépit. Elle hésite à prendre un verre de vin, puis rebouche tant bien que mal la bouteille sans s'être servie. Soudain, elle se souvient que les œufs sont toujours dans le four et se dépêche de les sortir.

Elle range le couvert de son fils, puis pose une des cocottes dans son assiette. Lorsqu'elle plonge sa cuillère dans la crème, celle-ci reste plantée dans l'œuf devenu dur.

Alice pousse un profond soupir, quitte la table et va s'allonger dans son canapé.

14 h 10.

Cela fait un long moment qu'Alice tourne en rond, hésitant à réveiller son fils. Quand il est rentré, il était près de 4 heures du matin, et comme il est peu probable qu'il soit resté aussi tard chez les parents de Ben, elle se doute que la petite bande d'amis a dû terminer la soirée dans un bar. Elle a entendu Lucas ouvrir le frigo et a deviné qu'il était en train de goûter à son tiramisu ; elle a songé à le rejoindre, mais avant qu'elle soit parvenue à sortir de sa torpeur, il avait traversé le salon sur la pointe des pieds et disparu dans sa chambre. Le pauvre, il doit être épuisé. Tant pis, c'est trop dommage de passer la moitié de son week-end à Paris à dormir. Elle frappe doucement à sa porte… Silence. Recommence plus franchement. Silence.

Alice se décide à entrer ; la pièce est plongée dans le noir et le corps de son fils forme une masse indistincte dans un lit transformé en champ de bataille. Elle fait deux pas, trébuche sur une chaussure puis slalome prudemment entre les obstacles, ramassant au passage les vêtements que Lucas a abandonnés par terre.

Elle s'assied sur le bord du lit et soulève délicatement sa couette. Les cheveux en désordre, transpirant légèrement, son fils ressemble étrangement au petit garçon qu'il était. Elle embrasse son front et caresse ses cheveux.

— Bonjour, mon chéri.

Petit grognement de fatigue et de satisfaction mêlées.

— Ça m'ennuie de te réveiller, mais il est plus de 14 heures, tu ne vas quand même pas passer toute la journée au lit…

Lucas ouvre péniblement les yeux.

— Merde… Je pensais pas qu'il était si tard…

— Tu as du sommeil à rattraper, on dirait.

— Grave… Je meurs de faim.

— On peut déjeuner tout de suite, je t'ai attendu.

— J'ai pas le temps, on a rendez-vous à 14 h 30 pour acheter le cadeau de Ben… Je vais juste prendre un café. Désolé, maman.

Alice est franchement contrariée, mais elle fait un effort pour qu'aucune irritation ne perce dans sa voix.

— Tu repasseras à la maison avant ta soirée ?

— Oui, bien sûr.

Il s'arrache à son lit et prend la direction de la salle de bains.

— J'ai tout nettoyé après ta douche hier, tu avais inondé toute la pièce ! lui crie Alice. Alors fais attention !

Lucas marmonne quelque chose qui ressemble à une promesse et referme la porte derrière lui.

Alice sort de son appartement en tirant le sac de son fils sur le sol, comme il l'a fait lui-même la veille, et s'engouffre tant bien que mal dans l'ascenseur.

Au moment où elle arrive dans le hall de son immeuble, elle croise Julien, le jeune homme de la danse des cinq rythmes.

— Salut, lui dit-il, tu viens au cours ?

— Euh, non… Je ne vais pas pouvoir y aller aujourd'hui.

— Tu pars en voyage ?

— Pas du tout, c'est le linge sale de mon fils, il est là pour le week-end, je vais à la laverie.

Julien éclate de rire.

— Qu'est-ce qu'il y a de si drôle ? l'interroge Alice.

— Je pense à la tête de ma mère si je lui demandais de s'occuper de mon linge. Elle m'enverrait promener, tu n'imagines pas !… Bon, salut !

Alice le regarde disparaître dans la cour et reste plantée là un moment avant de reprendre son chemin.

La suite du week-end a pour Alice le goût de raté du premier soir. Son samedi après-midi est consacré à faire des lessives et du repassage, et quand Lucas revient, en fin de journée, il a tout juste le temps de se poser vingt minutes avec elle avant de repartir en promettant qu'il passera son dimanche à la maison. Il rentre à l'aube, et c'est avec un zombie qu'elle déjeune. Un zombie affamé qui fait enfin honneur à sa cuisine, gentil et reconnaissant de retrouver son linge propre, frais et plié en impeccables piles, mais qui avoue avoir tellement bu la veille qu'une grosse gueule de bois lui rend toute discussion difficile.

Bientôt, c'est l'heure pour lui d'aller prendre son train, et, en le voyant enfiler sa veste, Alice ne parvient plus à refouler la tristesse qui l'assaille.

— Des semaines que j'attendais ce week-end, et c'est passé si vite… En plus, je t'ai à peine vu…

Lucas la prend dans ses bras et l'embrasse doucement.

— On se verra plus la prochaine fois, t'inquiète.

— C'est quand, la prochaine fois ?

— Je ne sais pas, à Noël, je pense.

— C'est loin.

— T'inquiète.

— Je ne suis pas inquiète, je suis triste de ne plus vous voir, ta sœur et toi.

— Je sais, mais c'est pas grave.

— Ah bon ? Alors qu'est-ce qui est grave ?

— La mort, répond-il en lui offrant son plus beau sourire.

La porte claque et Alice reste prostrée là longtemps, à méditer sa dernière phrase et à se demander pourquoi elle n'arrive pas à être légère, elle aussi.

« Mon Dieu, comme je me suis oubliée », se dit-elle.

Chère Moi,

J'ai mis quelques jours à reprendre la plume, parce que mon fils était là. En écrivant ces mots, je me rends compte que mes enfants ont toujours été mon paramoi, comme un parafoudre protège de la foudre. Je me suis servie et me sers encore d'eux pour justifier tout ce que je ne fais pas pour moi ! Et j'avoue qu'en congelant mon osso bucco, je me suis même dit qu'ils m'amènent souvent à congeler autre chose que des plats, dans le sens où je remets à plus tard tout ce qui compte pour moi quand ils sont là. Mon bilan du week-end est nul, alors que depuis quelque temps je faisais des progrès sur le chemin qui mène à moi.

Le sac congélo, puis le rire de Julien quand je lui ai dit que j'allais laver les affaires de mon fils. Deux indices qui me rappellent ma fragilité quand il s'agit de me faire respecter.

Cher journal, j'ose te le dire, mon fils s'est comporté avec moi comme un sale égoïste ce week-end, et le pire, c'est que j'étais si heureuse de le voir que je n'ai même pas songé à l'envoyer promener. À croire que j'ai peur de quelque chose. De perdre l'amour de mon fils ? Mais dans ce cas, il ne tiendrait pas à grand-chose, ce lien dont je suis si fière. Est-ce que je manque à ce point de confiance en moi pour ne pas voir que ce lien est indestructible ? Est-ce qu'au fond de moi je pense que mes enfants pourraient m'abandonner ? Sérieusement ? D'ailleurs, un adulte n'est pas abandonnable ! Seuls un bébé, une personne sévèrement handicapée ou très âgée pourraient mourir d'un abandon. Dois-je te rappeler, chère Alice, que tu es grande, que tu t'es occupée toute seule de gérer une famille de quatre personnes, et que s'occuper de toi, en tout cas d'un point de vue purement matériel, n'est vraiment pas un problème et relève du parcours aquatique dans un spa ! Facile et agréable !

Après le départ de Lucas, je me souviens d'avoir fixé la bouteille de vin soigneusement rebouchée et de m'être dit que j'avais de mauvais réflexes, mais je ne l'ai pas rouverte pour autant. J'ai finalement mangé les œufs froids et durs, sans m'octroyer le plaisir d'un bon verre de bordeaux. Au fond de moi, je pensais que je n'en valais pas la peine, que je ne le méritais pas. Mais en réalité j'en méritais deux pour avoir été plantée comme ça ! Comme si ça ne me suffisait pas d'avoir passé une mauvaise soirée, il a fallu que je me punisse. La vérité, c'est que je ne suis pas capable de me faire plaisir, a fortiori quand je suis seule. J'ai toujours été incapable d'apprécier ce qui ne se partage pas. J'ai intérêt à changer très vite, parce que sinon elles vont être drôlement tristes, mes prochaines années, surtout si je reste seule. Il faut vraiment que j'apprenne à vivre pour moi, à me faire plaisir. Je n'ai plus le choix.

Qu'est-ce qui en moi a fait l'escargot devant mon fils ? La peur de lui déplaire, je n'y ai même pas songé. Si Julien ne m'avait pas « chopée » avec le sac de linge sale, je ne me serais même pas rendu compte de l'énormité de la situation. Je pense que même dans un hôtel, on passe plus de temps à papoter avec le réceptionniste que Lucas n'en a passé à discuter avec moi durant tout le week-end. Et pour le remercier, je me suis précipitée à la laverie, bravo !

Allez, ne sois pas si dure envers toi-même, tu as appris à ne plus te juger, et même si le constat est assez accablant, tu feras mieux la prochaine fois. Déjà, je le préviendrai que je veux un vrai repas avec lui, sinon ce n'est pas la peine de venir. Ensuite, s'il débarque avec les bras chargés de son linge sale, il s'en occupera lui-même. Il faut être deux pour danser la valse, et accepter tout de l'autre ne rend pas plus aimable. Au contraire, ça fait seulement de nous quelqu'un de facile à maltraiter.

Chapitre 15

— Ah, vous voilà !

Alice sursaute : elle était concentrée sur sa tâche et ne l'a pas vu arriver. En se retournant, elle se retrouve nez à nez avec lui. Tout droit sorti de sa lampe d'Aladdin, *le* client, l'homme sans nom, M. Lampe *himself*.

— Après votre départ, j'ai réalisé qu'on n'avait échangé ni nos numéros ni même nos prénoms ! poursuit-il, comme s'il lisait dans les pensées d'Alice.

Alice a songé à lui plusieurs fois depuis le verre qu'ils ont pris, et sa présence lui fait indéniablement plaisir. Cependant, une petite lueur d'inquiétude s'allume aussitôt dans sa tête. Pendant plusieurs jours, elle s'est demandé si elle allait le revoir ou si le joli moment passé ensemble était destiné à rester un souvenir sans lendemain. Maintenant qu'elle est rassurée sur ce point, elle se demande comment va évoluer leur relation. Et surtout, comment se comporter avec lui quand sa vie sentimentale se résume à trente ans de mariage au cours desquels elle n'a jamais regardé un autre homme. Alice se sent soudain aussi maladroite et inexpérimentée qu'une jeune fille, tout en ayant l'impression d'être une vieille dame qui ne connaît rien aux codes de la société contemporaine. « Une jeune vieille dame, nous revoilà en plein oxymore, ça ferait plaisir à ma gynéco », se dit-elle.

Mais elle n'a guère le temps de s'attarder davantage sur cette nouvelle notion, l'urgence étant de clouer le bec à la machine à questions qui est en train de s'emparer de son cerveau et risque de gâcher la fraîcheur de leurs échanges.

— Je me suis fait la même réflexion ! Et finalement, je ne vois pas pourquoi on aurait besoin de connaître nos prénoms respectifs. Conservons le mystère, c'est plus amusant, non ?

— Je ne sais pas, répond M. Lampe, déconcerté. Il faut bien qu'on s'appelle d'une manière ou d'une autre…

— Pas forcément. Vous savez où me trouver, c'est simple !

— Je sais où vous trouver, mais je ne sais pas quand ! La preuve : je suis passé hier et vous n'étiez pas là.

— Je ne travaille que les vendredis et samedis, voilà, maintenant vous savez quand me trouver. Qu'aimeriez-vous savoir d'autre ?

— Si je peux vous inviter à dîner un soir de la semaine prochaine.

Le cœur d'Alice fait un petit bond dans sa poitrine. Alors qu'elle allait lui dire que n'importe quel jour lui conviendrait, elle se ravise. Fixer un rendez-vous pour la semaine suivante, c'est donner libre cours à la machine à anticipation qu'elle cherche justement à freiner. Pas question de tomber dans ce piège. Depuis quelque temps, tout l'incite à s'écouter, à agir de façon spontanée et à suivre son instinct ; et elle se rappelle qu'elle a décidé de continuer sur cette voie.

— Pourquoi pas ce soir ? Le magasin va bientôt fermer et je n'ai rien de prévu.

En voyant l'étonnement qui se lit sur le visage de M. Lampe, Alice regrette ses propos, elle est allée trop vite et il doit la prendre pour une folle. Il faut qu'elle trouve le moyen d'expliquer ce qui lui semble certainement précipité, sans compter que maintenant il va s'imaginer qu'elle cherche à se retrouver dans son lit ! Mais il répond avant qu'elle ait eu le temps de se justifier :

— Décidément, vous êtes surprenante… dans le bon sens du terme ! Oui, ce soir c'est très bien, je n'ai rien de prévu non plus. Je vous attends au café de la dernière fois, ça me laissera le temps de chercher un restau sympa dans le quartier.

Quelques heures plus tard, Alice est couchée dans son canapé-lit, un épisode de *Breaking Bad* défile sur l'écran de sa télé mais elle est incapable de se concentrer. La soirée s'est merveilleusement passée, et, au moment où ils se séparaient, M. Lampe a proposé qu'ils échangent leurs numéros de téléphone – « Juste les numéros, pas nos prénoms », a-t-il précisé en souriant.

Alice a d'abord hésité pour les mêmes raisons qui l'ont conduite à lui demander qu'ils restent anonymes : elle sait bien que, dès qu'elle lui aura donné son numéro, elle commencera à attendre de ses nouvelles. L'attente… Rien que d'y penser, ça la renvoie aux souvenirs de son adolescence où elle attendait un appel sur le téléphone fixe de ses parents, éventuellement un coup de sonnette à la porte, quand elle ne se risquait pas à déambuler dans son quartier dans l'espoir de tomber sur le garçon tant aimé sur la place ou devant le café central. Elle est nostalgique de sa jeunesse, de cette ère sans téléphone portable où l'imprévu avait son rôle à jouer et où l'on ne vivait pas enchaîné à une machine à communiquer.

Mais refuser de donner son numéro, c'était se dérober encore, c'était laisser la peur régner, et ce n'est pas comme cela qu'elle compte vivre sa nouvelle vie. Alors elle a trouvé la parade : elle a noté son numéro à lui en disant qu'elle lui enverrait un message pour qu'il ait le sien. Elle a juste repoussé l'échéance, mais ce temps gagné vaut de l'or, car ne pas donner son numéro à M. Lampe, c'est aussi garder le contrôle. Pour un moment encore, être celle qui mène la danse. Alice s'étonne de se découvrir décisionnaire face à ce nouveau venu dans son existence, elle qui s'est toujours considérée comme une suiveuse et se pensait incapable de prendre la moindre initiative. En jetant un coup d'œil à son téléphone, elle se dit simplement : « Je lui écrirai demain. Ou un autre jour. »

Et cette idée l'emplit d'une incroyable fierté. Il ne s'agit pas de le faire attendre ou de jouer à un petit jeu malsain, mais simplement de canaliser son insécurité et son hypersensibilité.

Demain ou plus tard, elle lui écrira, et dès lors il est fort possible que l'attente qu'elle souhaitait ne plus jamais revivre réapparaisse dans sa vie, mais attendre le message d'un homme, c'est aussi être vivante. Et c'est sans aucun doute plus excitant que de passer toutes ses soirées seule devant une série.

Une autre chose la rend fière : en quittant M. Lampe ce soir, elle était heureuse de rentrer chez elle. Alice réalise que, à son insu, elle s'est habituée à sa nouvelle solitude, elle l'a apprivoisée. Quelques semaines plus tôt encore, elle n'aurait pas cru cela possible.

Chère Moi,

Je ne sais plus qui je suis. Dans le bon sens du terme. Jamais je n'aurais cru qu'il serait positif de ne plus me reconnaître. Mais dans reconnaître, il y a aussi « naître à nouveau », et c'est ce qui me plaît le plus. Si j'avais réfléchi à une date possible pour un dîner avec M. Lampe, je n'aurais jamais osé trouver de la place dans mon agenda vide. Et puis j'aurais fantasmé ce rendez-vous, comme chaque fois que j'ai quelque chose d'important à faire. Bizarrement, le futur, même joyeux, me met la pression. Comme s'il y avait dans l'inconnu mélangé à tous les possibles quelque chose de si vaste que ça me rend nerveuse. Je suppose que pourtant ce n'est rien qu'une autre définition du futur.

J'admire les gens qui disent souvent « On verra bien ». Sans l'ombre d'une angoisse. Je me suis habituée à ne pas « voir en bien » mais à anticiper, le pire en général, afin de ne jamais être déçue ni prise au dépourvu. Pourtant, même si c'est au dépourvu, c'est agréable d'être « prise ». Mais je préfère toujours le terrain connu de l'inaction, la non-prise de risque ; ma « zone de confort », comme disent les magazines, c'est ma couette.

Quoi qu'il en soit, je suis sortie de ma léthargie. Je dois avouer que la requête de M. Lampe à la fin de ma journée de travail m'a saisie à l'unilatérale, pas le temps de cuire le saumon des deux côtés, j'étais déjà au restaurant avec lui. Par ma faute, ou plutôt grâce à moi. Comme à la belote, il a mis un valet, j'ai mis une dame et j'ai remporté le pli ; il n'avait pas prévu de dîner avec moi, juste de m'inviter « un jour », et moi, j'ai tout bonnement transformé ce jour en aujourd'hui... Mais le phénomène étrange, c'est que ce n'est pas vraiment moi qui le lui ai proposé. C'est mon envie de passer la soirée avec lui qui a devancé la peureuse que j'aurais pu être. Comme dans un film allemand mal synchronisé, ma voix m'a doublée et a mis dans ma bouche un dialogue non prévu, même pas mentalisé. L'exorciste version bonheur. Le « joyeuriste » au fond de moi, une voix légèrement plus enjouée que la mienne, presque guillerette !

Je ne sais pas s'il est si bon que ça de tourner sa langue dans sa bouche sept fois avant de dire quelque chose. En sept tours, on a le temps de réfléchir, de penser au jugement des autres, au sien propre, aux conséquences de sa parole, bref, on a le temps de dire non quand le joyeuriste au fond de soi aurait eu envie de dire oui. C'est fou comme le niveau le plus basique de la conversation, dire oui ou non au bon moment, n'est pas un acquis pour nous. Quand je repense à mes enfants vers l'âge de deux ou trois ans, ils n'avaient jamais aucune peur de dire oui ou non. Et même en hurlant ou en se roulant par terre. Les enfants ne s'encombrent pas des filtres sociaux pour faire part de leur véritable volonté. Que se passe-t-il dans nos vies pour que l'on oublie à ce point le fondamental : oser dire oui ou non quand on le ressent ?

Ce n'est pas sur les mots « oui » ou « non » que se pose la poussière du filtre social, mais sur notre ressenti, toujours faussé par ce que l'on croit que les autres attendent de nous. Que de temps perdu à s'imaginer, souvent à tort, ce que veulent les autres...

Allez, promis, la prochaine fois que la responsable du magasin m'emmerde, je me roule par terre en hurlant comme le faisait Lucas. Juste pour le plaisir de la voir halluciner !

Chapitre 16

Alice contemple le collage provisoire qu'elle a réalisé avec une certaine satisfaction. Il faut dire que le tableau qu'elle compose pour Lydia est particulièrement réussi : d'un format beaucoup plus grand que celui offert à Hélène, il représente le prénom VICTOIRE écrit en gros caractères. Alice a tracé le contour de chaque lettre en laissant assez de place pour pouvoir faire un collage à l'intérieur de chacune d'elles.

Avant de commencer à trier les affaires de Victoire, elle a photographié chaque partie de la chambre – vêtements, chaussures, cosmétiques, maquillage, maisonnettes remplies de bouteilles de parfum… Elle les a ensuite fait imprimer et a placé chaque photo dans une des huit lettres composant le prénom « Victoire ». Puis elle a rempli le reste de l'espace en découpant les papiers, dessins et autres souvenirs qu'elle a glanés au cours de la journée. L'ensemble est à la fois varié et harmonieux ; il ne reste plus qu'à trouver quel papier utiliser comme fond.

On sonne à la porte, c'est Mathilde ; elle est en retard, mais il est encore temps d'aller au cinéma comme prévu. Avec Chloé, Alice y allait toutes les semaines, et depuis son départ sa carte d'abonnée lui fait souvent de l'œil, mais elle n'a pas encore pu se résoudre à s'y rendre seule.

— Entre, dit-elle à son amie, je vais juste chercher ma veste et on fonce, la séance est dans dix minutes.

— Oh, je t'en prie, ne me fais pas courir, je ne suis pas en état !

— Ah bon ? Tu me raconteras en chemin, on n'aura pas besoin de courir si on part maintenant…

— Mais je ne suis pas d'humeur à aller au ciné, on ira une autre fois, d'accord ? Je devais voir Mario demain, mais il m'a encore plantée, je ne comprends pas ce qui se passe, un jour il est tout feu tout flamme, le lendemain il annule sans explication, je vais devenir dingue.

Par la porte ouverte, elle aperçoit la table sur laquelle Alice travaille au collage pour Lydia et s'en approche. Mathilde regarde les éléments du tableau et détaille longuement une photo.

— Tu fais quoi avec tout ce rose ? J'ai toujours détesté cette couleur…

— Moi aussi, avoue Alice. Mais c'est le collage que je réalise pour une amie d'Hélène, je t'en ai parlé. C'est la couleur préférée de sa fille, il y en a partout dans sa chambre.

— Je vois ça, c'est carrément la maison de Barbie, je trouve ça horrible.

— On a fait un énorme vide, c'est très différent maintenant.

— Mais la mère, c'est quel genre ? Ce n'est pas un hasard si la fille a une chambre pareille…

— C'est ce que j'ai pensé au début, et c'est vrai que quand j'ai vu qu'elle avait sûrement passé une heure à se coiffer et à se maquiller et qu'elle portait des chaussures à plateforme de dix centimètres, je me suis dit qu'elle devait être affreusement superficielle, mais finalement j'ai eu tort de me fier aux apparences. D'ailleurs, on s'est bien entendues.

— Tant mieux. Elle fait quoi dans la vie ?

— Elle a un institut de beauté.

— Ah ! Fallait commencer par là… Elle est en couple ?

— Je ne sais pas, on n'en a pas parlé.

— C'est clair que non, dit Mathilde en regardant une autre photo. C'est impossible qu'un homme accepte de vivre dans un univers pareil.

— C'est la chambre de sa fille, pas la sienne, objecte Alice. Et puis je suis sûre qu'elle plaît beaucoup aux hommes, ils sont tous fascinés par les femmes très féminines – enfin, je crois.

— Je ne sais pas ce qui fascine les hommes, soupire Mathilde, mais, s'ils aiment les pouffes qui habitent dans une maison de poupée, on est mal barrées.

— Lydia n'est pas une pouffe, tu verras si tu la rencontres un jour.

— J'en doute, sauf si vous devenez amies, ce qui m'étonnerait.

— Et pourquoi pas ? Je ne vois pas ce qui nous empêcherait d'être amies.

— C'est cool, invite-la à une soirée pyjama ; avec un peu de chance, elle apportera sa collection de Barbie et un Petit Poney à la crinière mauve, vous pourrez vous amuser à les coiffer ensemble.

— Très drôle.

— Sérieux, je te plains, parce que même si la bonne femme est sympa, te retrouver dans l'obligation de créer quelque chose à partir d'un endroit qui te ressemble si peu, ça doit être compliqué. Tu vas être obligée de faire un truc moche pour coller à leurs goûts.

— Je ne vois pas pourquoi, il y a des éléments imposés et une couleur dominante, mais pour le reste, c'est moi qui décide. Former le prénom « Victoire » avec des grosses lettres, par exemple, c'est mon idée. La façon de les remplir, d'agencer le tout, ce que je conserve de chaque photo, tout ça, c'est ma création.

Mathilde fait une moue trahissant son peu de goût pour le résultat.

— Tu trouves ça moche ? s'inquiète Alice.

— Franchement, je ne suis pas fan. Les photos des dizaines de bouteilles de parfum, c'est sans intérêt, tu devrais les bazarder.

— Je ne peux pas, ces étagères comptaient beaucoup pour sa fille, une collection pareille, ça se construit sur des années. Si Lydia a accepté de s'en débarrasser, la moindre des choses, c'est d'en garder une trace.

— Tu vois : tu es prisonnière de leur mauvais goût !

— Mais pas du tout ! s'impatiente Alice. Je dois simplement trouver un équilibre entre le respect de la personne qui m'a embauchée et qui me fait confiance, et mes choix esthétiques.

Mathilde hausse les épaules.

— Si tu le dis…

— J'aimerais vraiment aller au ciné. Je peux regarder s'il y a une séance un peu plus tard ?

— On ira la prochaine fois, j'ai trop besoin de parler…

— Bon.

— Tu dis ça comme si ça t'ennuyait.

— Ce n'est pas que ça m'ennuie, c'est que j'avais très envie de voir ce film, ça fait trois fois qu'on remet pour parler. Cette fois, c'est Mario, avant lui il y a eu David, et encore avant, c'était qui, déjà ? Ah oui, Pascal. Je crois que tu te porterais mieux si tu leur accordais moins d'importance et que tu étais plus toi-même.

— Mais qu'est-ce que tu racontes ? Je suis moi-même ! C'est vrai que ma vie affective prend de la place, mais j'ai toujours été comme ça, ce n'est pas ma faute si je suis sensible !

— Ce n'est pas une histoire de sensibilité. Tu mises tout sur chaque homme que tu rencontres, alors forcément, si ça ne se passe pas comme prévu, ça te rend malade. Mais c'est sur toi qu'il faut miser. Pas sur les autres. C'est ce que je suis en train de comprendre.

— Merci pour le conseil, docteur. Dis donc, tu en apprends, des choses, en ce moment, en un mois tu es devenue fée du logis, décoratrice et psy ! Continue comme ça et à ce rythme, tu seras cardiologue et astronaute avant la fin de l'année.

— C'est toujours pareil, dès qu'on te dit quelque chose qui ne te plaît pas, tu deviens agressive. D'ailleurs, David te l'avait fait remarquer aussi !

— Ça, c'est vraiment nul, de me ressortir une vacherie d'un de mes ex pour me convaincre que tu as raison !

— Mais non, pas du tout ! Bon, laisse tomber, tu veux boire quelque chose ?

— Non, merci, je vais rentrer. Tu as clairement plus envie de me faire la morale que de m'écouter, on se verra une autre fois.

Alice proteste, mais son amie attrape ses affaires, et quelques secondes plus tard elle a quitté l'appartement.

Plus les minutes passent, plus Alice se sent mal et rentre dans sa coquille d'escargot. Mais soudain, elle regarde l'heure et se rend compte que le film n'est pas commencé. Elle quitte son appartement en courant et arrive au cinéma, essoufflée et seule. Mais fière. Pour une fois, Mathilde n'a pas entièrement gâché sa soirée.

Le lendemain matin, c'est le cœur un peu gros qu'Alice retrouve le pêle-mêle destiné à Lydia. Les paroles de Mathilde résonnent encore dans ses oreilles, et la culpabilité ne tarde pas à pointer le bout de son nez. Était-elle vraiment en train de lui faire la morale ? Est-ce qu'elle n'aurait pas mieux fait de l'écouter au lieu de lui dire des choses qu'elle n'est pas prête à entendre ?

Alice tâche de se concentrer, encore un petit effort et elle aura terminé la composition. Tous les papiers qu'elle essaie pour servir de fond au collage donnent un effet trop chargé étant donné le contenu des photos et la taille des lettres, et elle peine à trouver la solution.

Peu inspirée, elle regagne le salon, allume la radio et se prépare une tasse de café, différant un peu le moment de retourner à sa table de travail.

C'est alors que retentit la voix de Grace Jones interprétant « La Vie en rose », le remix des années soixante-dix qu'elle aimait tant chanter à tue-tête avec ses copines. Spontanément, Alice se met à danser dans la pièce, avec autant d'énergie que si elle se trouvait dans le cours de Jenny.

À la fin du morceau, elle s'arrête, à bout de souffle, et se laisse tomber sur le canapé. Devant elle, son carnet. Le rose de la chambre de Victoire, celui du tableau, le nom de son journal, et maintenant la chanson. Encore une fois, ça ne peut pas être un hasard.

Alors qu'elle espérait ne plus se trouver devant du rose avant un bon moment, c'est cette couleur qu'elle choisit pour peindre le fond du pêle-mêle. Après tout, comme elle l'a expliqué à Mathilde, ce n'est pas à elle mais à Lydia que ce tableau est censé faire plaisir, et le reste n'a pas d'importance. Elle compose différentes nuances qu'elle appose sur la toile avant de coller les lettres, et en contemplant son travail, Alice se dit que l'ensemble est vraiment réussi et que cette « Victoire » s'applique aussi bien à Lydia qu'à elle-même.

Chère Moi,

Je suis fière car j'ai osé.

Dire à Mathilde ce que je pensais vraiment.

Aller au cinéma toute seule, d'ailleurs le film était dément ! Une histoire d'amour entre deux hommes. J'avoue que je n'avais jamais eu l'image de l'amour sous un angle aussi romantique et sensuel, les hommes exprimaient une tendresse que je ne leur ai jamais vue. Il doit y avoir quelque chose chez nous, les femmes, qui leur fait si peur qu'ils en deviennent un peu durs alors qu'ils peuvent être si tendres entre eux ! Comme Mathilde hier soir ?

Elle était si agressive, envers Lydia d'abord, en essayant de nouer une complicité avec moi contre elle. J'ai failli tomber dans le panneau, et puis non.

J'ai découvert que cela s'appelle la « sororité », comme la fraternité mais au féminin, s'aimer entre femmes, ne pas se jalouser, ne pas dire du mal les unes des autres, ne pas se sentir en compétition, tout simplement. Compétition que les marques de cosmétiques nous font bien ressentir. Et les contes de fées avant eux. Miroir, miroir, dis-moi qui est la plus belle, car la plus belle sera choisie par le prince... Comme si le seul gros lot que la vie nous offrait était un prince prêt à l'emploi, alors que tout devrait commencer par reconnaître la princesse en soi.

Mathilde ne voulait pas seulement dire du mal de Lydia, elle voulait aussi m'entraîner dans cette spirale de la moquerie. Or, Lydia m'a fait un bien fou, mais il n'y a pas que ça, j'ai réalisé récemment que dire du mal ou juger quelqu'un me prend de l'énergie, et au final ça bouffe mon estime de moi. C'est un peu comme une crise de boulimie, on s'est gavé de bonbons et de chocolats, mais après, quel malaise ! Dire du mal, c'est de la junk mood !

Et puis après, Mathilde s'est moquée de mon tableau. C'est comme si elle n'osait pas m'attaquer directement, alors elle s'en est prise à ce qui me touche encore plus profondément. Il y a quelques semaines à peine, j'aurais eu tellement peur de perdre Mathilde comme amie que je n'aurais jamais osé m'opposer à elle. Avoir écrit dans ce journal à quel point elle m'a fait de la peine la dernière fois qu'elle a annulé notre dîner m'a rappelé cette sensation.

En général, sous prétexte de pardonner et d'être bonne (poire ?), j'ai tendance à oublier le mal que l'on me fait ou les mots qui me blessent (n'est-ce pas, Lucas ?). Si j'avais été plus fragile, Mathilde aurait réellement semé le doute quant à ce tableau pour Lydia, j'aurais fini par le trouver moche ou ridicule, et par me dévaloriser comme je l'ai fait toute ma vie, avec ma mère ou mon mari, par exemple. Mais défendre Lydia, bizarrement, c'était comme me défendre moi-même.

Il faut que j'ose défendre ce nouveau-né en moi, encore balbutiant, qui essaie de se mettre debout. Celui ou celle qui se moque de moi n'est pas mon ami(e), pas mon allié(e). Mathilde, je sens que tu vas rejoindre Lucas à la laverie et t'occuper de ton linge sale avant de me revoir !

Chapitre 17

Méthodiquement, Alice étale ses affaires sur l'ancien bureau de Lucas. Cela fait quelques semaines qu'elle a fait de la chambre de son fils son atelier ; un espace devenu nécessaire en raison des nombreux appels de celles qu'elle nomme désormais ses clientes.

En accompagnant une femme à qui elle n'accordait aucun crédit au départ, et en découvrant combien elle était appréciable, elle n'a pas seulement vaincu ses préjugés et sa tendance à juger sur les apparences. Elle a aussi dépassé le sentiment que ses créations ne valaient pas grand-chose. Le déclic s'est produit lorsqu'elle a apporté son collage à Lydia, et que celle-ci lui a remis une enveloppe contenant cent cinquante euros. Alice a protesté, lui a dit que c'était trop et que le collage ne lui avait pas pris quinze heures, mais patiemment Lydia lui a expliqué qu'aucune œuvre d'art ne relevait d'un tarif horaire, et que le tableau qu'elle avait conçu pour elle valait au moins cette somme tant il l'emplissait de joie. C'est sans doute cela, la plus grande victoire pour Alice : avoir su reproduire ce qu'elle a fait pour Hélène avec une inconnue pour qui elle n'éprouvait au départ aucune sympathie. Ainsi, quelles que soient les circonstances, il est possible de conclure une histoire qui a mal commencé par une joie profonde ; et cette découverte donne à Alice le sentiment qu'une infinité de portes s'ouvrent à elle.

Alors qu'elle avait prévu de le rapporter chez elle, Lydia a finalement accroché le collage dans son institut – « J'y passe bien plus de temps que chez moi, j'en profiterai davantage ici ! » lui a-t-elle confié.

Elle n'est pas la seule à en profiter, car aucune cliente ne passe la porte d'entrée sans que son regard tombe immédiatement sur le collage. Depuis le premier jour, cela a suscité suffisamment de commentaires ou de questions pour que l'activité d'Alice ait démarré sans même qu'elle l'ait décidé.

Cerise sur le gâteau : comme promis, Lydia lui a offert un soin du visage et une manucure, et Alice a découvert combien il était agréable de s'abandonner aux mains expertes de quelqu'un qui vous veut du bien. En quittant l'institut, elle avait l'impression d'avoir rajeuni de dix ans, et le lendemain elle s'est préparée et maquillée avec un soin particulier, faisant ainsi durer le plaisir de se sentir femme. Un plaisir mêlé d'un certain malaise, un peu comme si elle se découvrait un vice caché, un trait superficiel et honteux qu'il fallait dissimuler. Sans parler de la culpabilité à l'idée qu'elle se faisait belle pour rien, et surtout pour personne.

Ce soir, après être revenue d'une de ses expéditions, elle réfléchit à tout cela tandis qu'elle compose un nouveau tableau. De son enfance, le jeune homme qui a quitté le foyer familial a notamment conservé la passion du sucré, dont Alice a trouvé des vestiges dans tous les tiroirs et recoins de sa chambre. Dès lors, le sujet du collage s'est imposé, et lorsqu'elle a quitté l'appartement, son sac de souvenirs était largement rempli des emballages si reconnaissables de toutes sortes de marques de chewing-gums, de barres chocolatées et de bonbons comme les Carambar, Malabar, sachets de Dragibus et fraises Tagada.

Pour cette chambre et celle de Victoire, trouver le thème de la composition a été simple, mais plusieurs fois déjà, Alice a eu l'occasion de se retrouver dans une pièce qui ne la renseignait pas sur les goûts de son ancien occupant ni sur sa personnalité, et définir de quelle manière restituer une vingtaine d'années de sa vie en un pêle-mêle est alors devenu une tâche ardue. Se contenter d'écouter les mamans parler n'est pas non plus la solution, car leur façon de décrire leur enfant est souvent pleine de paradoxes, comme cette femme qui lui a répété plusieurs fois que son fils était timide mais archisociable. Alors, elle se fie à son intuition, elle improvise.

Qu'a-t-elle éprouvé en entrant dans la pièce ? Quel est l'élément dominant ? Les premières questions lui sont facilement venues à l'esprit, mais elle bute sur la suivante. Peut-on vraiment demander à une mère ce qui rend son enfant unique ? Elle craint que cette question ne fasse souffrir celles qui ne sauraient y répondre. Saurait-elle y répondre elle-même ?

Ne pas s'attarder sur le sujet : penser au départ de Chloé demeure douloureux, et elle serait bien incapable de suivre elle-même le processus de lâcher-prise dans lequel elle accompagne ses clientes.

Alice complète son tableau en collant la dernière pièce, un sachet de crocodiles en gélatine, et elle saisit son journal.

Chère Moi,

Voilà déjà le quatrième tableau que je finis pour des femmes dont je ne savais rien en arrivant chez elles. Moi qui me pensais si seule il y a quelques semaines, je me rends compte que tout le monde vit la même épreuve. Mais chacun dans son coin. Ce choc du « nid vide », personne n'en parle vraiment, et pourtant combien de points communs j'ai pu déceler entre ces mères qui se retrouvent exsangues après avoir porté à bout de bras une famille ? C'est vrai que celles qui travaillent souffrent moins, apparemment. Je dis apparemment, car celles que j'ai croisées sont un peu rongées par la culpabilité d'avoir laissé le meilleur s'échapper pendant qu'elles luttaient pour gagner leur vie. À trente ans, avoir une carrière ET des enfants était fondamental pour elles. Mais à plus de cinquante ans, la carrière n'est plus si excitante, même si elle est toujours agréable, et les enfants partis laissent ce vide qu'elles comprennent un peu tard avoir comblé avec des obligations qui leur semblent futiles aujourd'hui. Car aujourd'hui, elles donneraient tout pour un câlin avec leur bébé, enfouir leur nez dans le pli de son cou...

Et chez toutes les femmes au foyer qui font appel à moi, il y a un besoin de se rappeler que le temps qu'elles ont donné n'a pas été vain. Ce temps est non rémunéré (je suis experte sur le sujet), et, comme souvent, il est difficile d'attribuer une vraie valeur à un job non rémunéré. Si tartiner de Nutella une tranche de pain au goûter était rémunéré au SMIC horaire, soit presque 10 euros, donc disons 5 euros car le goûter dure une bonne demi-heure... Tiens, juste pour rire, je vais faire le calcul.

5 euros × 365 jours × 11 années, ça fait... 20 075 euros...

Pas mal... Si j'ajoute le bain, les lessives, le ménage, le dîner... Je suis comme toutes les mères au foyer : potentiellement millionnaire ! Mais non, l'amour est gratuit, et le système économique entier tel qu'il a été conçu par des hommes dépend de cet amour.

Avec mes cadres et la réaction des femmes à qui je les offre, je perçois la valeur intrinsèque de l'amour maternel. Je pense de plus en plus qu'il se fait abuser par une société qui ne reconnaît que ceux qui travaillent au sens primaire du terme, qui performent, sont socialement actifs, et je ressens cela comme une injustice que je n'arrive à apaiser que par la création de ces tableaux d'enfance !

D'ailleurs, comme les commandes commencent à affluer, il faudrait que je mette au point une sorte de méthode qui me permette de gagner un peu de temps.

Pour l'instant, elle consiste à m'imprégner de ma première impression en entrant dans la chambre, alors que je ne connais rien de l'enfant ni de son rapport à sa mère. Celle-ci me raconte ensuite son histoire, parfois en peu de mots, surtout si elle est mal à l'aise ou timide. Mais même si elle se confie à moi très naturellement, de manière générale, il est bon de commencer par prendre une petite minute pour ressentir la pièce où je vais puiser des souvenirs.

Il faudrait d'ailleurs que j'applique cette méthode à toutes mes rencontres et à n'importe quelle situation.

Prendre le temps de ressentir instinctivement ce qui se passe pour l'enregistrer et m'en servir comme filtre.

Ensuite, je demande à la maman de me citer trois qualités de son enfant.

Enfin, je la questionne pour qu'elle me dise avec ses mots ce qui l'a empêchée jusqu'à présent de jeter les affaires toute seule.

Avec ces éléments-là, j'arrive à mieux cerner ce que sera le tableau.

Bizarrement, avec chaque personne que je rencontre, il y a ce moment où ce qu'elles me disent me permet de comprendre certaines choses sur moi. Comme un miroir qui reflète un trait de ma personnalité que je ne connaissais pas, ou que j'avais oublié. Réfléchir, c'est aussi une manière de refléter l'autre... Voilà, écouter les autres me fait réfléchir, comprendre, me sentir plus légère... La boucle est bouclée !

Chapitre 18

La clé qui tourne dans la serrure, et le bruit familier que renvoie le trousseau jeté sur l'étagère voisine… Alice s'immobilise, partagée entre la crainte qu'il s'agisse d'un cambrioleur – mais entrerait-il avec une clé ? – et l'espoir que ce pas soit bien celui qu'elle connaît par cœur.

— Qui est là ?

Chloé entre dans le salon, un sourire rayonnant aux lèvres.

— Moi !

Alice se lève d'un bond et se précipite vers sa fille, qu'elle couvre de baisers.

— Ma chérie, il fallait me prévenir !

— Ça n'aurait plus été une surprise ! J'avais juste peur que tu sois sortie…

— Non, je viens de rentrer du magasin, il y avait un monde fou parce qu'ils font des promos. J'allais passer une soirée tranquille, surtout que demain, c'est samedi, ce sera pire. Tu as faim ? Je n'ai pas grand-chose mais je peux descendre faire quelques courses…

Chloé désigne un sac isotherme posé dans l'entrée.

— J'ai apporté le dîner. Tu es au courant que je suis en école de cuisine ? J'ai plein de nouvelles recettes à te faire goûter, tu vas adorer.

En effet, Chloé a tout préparé, il ne lui reste plus qu'à déballer ses plats, sous le regard ravi de sa mère, pas encore habituée à se contenter de mettre le couvert. En quelques minutes, les deux femmes sont attablées et ont repris la conversation qu'elles entretiennent depuis toujours. Après le départ de Chloé, elles n'ont jamais cessé de communiquer, mais ce soir leur échange est différent : rien d'important ne se dit, aucun sujet sérieux n'est abordé, pourtant elles pourraient bavarder toute la nuit. Des propos légers qui racontent le plaisir d'être ensemble, à parler de tout et de rien. En se couchant quelques heures plus tard, Alice est fatiguée mais pleine d'une énergie insoupçonnée, portée par la joie profonde qui l'habite. Elle est presque émerveillée de voir que rien n'a changé entre sa fille et elle. Inconsciemment, elle s'était résignée à l'avoir perdue, ou du moins à ne plus jamais revivre leurs tête-à-tête gais et tendres. Mais elle réalise qu'il y a des choses sur lesquelles la distance n'a pas de prise : l'intimité, la complicité, et surtout, l'amour.

Et elle s'endort le cœur léger.

— Bonjour, vous ! Ça fait quand même bizarre de ne pas savoir comment s'appeler…

« Moi, je sais, tu t'appelles M. Lampe », songe Alice, mais elle se garde bien de lui dire comment elle l'a surnommé et lui offre un sourire radieux. Elle a pensé à lui tous les jours depuis la dernière soirée qu'ils ont passée ensemble, mais ne s'est pas résolue à lui envoyer de message. À chaque tentative, Fourcha l'en a empêchée, qualifiant de propos banals tout ce qu'elle projetait de lui écrire, renforçant son appréhension à la perspective de se lancer dans une nouvelle relation, la réduisant à une femme entre deux âges qui n'a plus le droit de rêver d'amour. Se sentant maladroite et pathétique, elle a fini par renoncer. Mais elle espérait que son silence ne découragerait pas M. Lampe et qu'il reviendrait la voir. Surtout que depuis que Lydia lui a offert des produits cosmétiques, elle prend davantage soin d'elle et observe le petit rituel de bien-être que celle-ci lui a enseigné, allant jusqu'à se masser les pieds chaque soir. Elle a les ongles faits, son maquillage est plus soigné que d'habitude, et elle se réjouit de le revoir en se montrant plus à son avantage que les fois précédentes. La moindre des choses, c'est d'être à la hauteur de la constance dont il témoigne en faisant preuve de sincérité avec lui.

— Bonjour, cher vous ! J'ai pensé à vous plusieurs fois, mais je ne savais pas quoi vous écrire, c'est aussi bête que ça, avoue-t-elle.

— Vous auriez pu écrire n'importe quoi, ça m'aurait quand même fait plaisir.

Alice réalise que c'est précisément l'attitude qu'elle s'est imposée avec son journal, et que ça ne lui a pas trop mal réussi jusqu'à présent.

— Vous avez raison, j'aurais dû être plus spontanée.

— Ne vous inquiétez pas, j'ai un peu hésité de peur que vous ne me trouviez insistant, mais comme vous le voyez, je suis venu quand même.

« Heureusement qu'il est plus audacieux que moi, se dit Alice. Ou alors il tient aussi un journal, mais ça fait au moins six mois qu'il l'a commencé, et aucun mauvais génie ne vient contrarier ses bonnes pulsions. »

— Je ne vous trouve pas insistant, lui dit-elle.

Et voilà, elle cale. Maudite Fourcha qui a transformé sa phrase en formule politiquement correcte, alors que ce qu'elle avait vraiment envie de lui dire, c'est qu'elle est heureuse de le voir, tout simplement.

— Tant mieux. Je voulais savoir si vous êtes libre, j'ai pensé à un endroit où j'aimerais vous emmener dîner.

— Ce soir ? demande Alice.

— Évidemment. Je ne vais pas recommencer à tirer des plans sur la comète avec la reine de l'improvisation !

Alice meurt d'envie d'accepter, mais voilà, à la maison il y a Chloé, sa douce Chloé, qui, en la quittant ce matin, lui a promis de lui préparer un autre merveilleux repas. « Je m'occupe de tout, tu n'auras qu'à mettre les pieds sous la table et te détendre. » Il est presque 19 h 30 et tout doit être prêt. Annuler est tout simplement impossible.

— Je suis désolée, en parlant d'improvisation, ma fille m'a fait la surprise de venir passer le week-end à la maison. Elle m'attend pour dîner et a dû cuisiner une partie de la journée, impossible de la laisser tomber. Mais on peut aller dans votre restaurant quand vous voulez la semaine prochaine.

— Je pars demain pour plus de trois semaines.

— Trois semaines ! s'exclame Alice, plus fort qu'elle n'en avait l'intention.

— Oui, pour mon travail. Je dois aller faire la tournée de nos fournisseurs en Asie.

— C'est long…

« C'est tout ce que tu trouves à dire ? » se demande Alice. D'évidence, la réponse est oui, car elle reste plantée devant lui sans savoir quoi ajouter.

— Et si on coupait la poire en deux ? propose M. Lampe, un peu plus inspiré qu'elle. On pourrait juste aller prendre un verre, comme ça on passe un peu de temps ensemble, et vous rentrez dîner avec votre fille ensuite ?

— D'accord. Je vous retrouve dehors dans cinq minutes.

Une fois dans la réserve, Alice sort son téléphone pour prévenir Chloé. Mais que lui dire, comment justifier le fait qu'elle doive voir quelqu'un pile le soir où elle l'attend à la maison ? Alice n'a pas besoin de réfléchir longtemps, il lui suffit de se remémorer la phrase qu'elle a si souvent répétée à ses enfants : « Le plus simple, c'est toujours de dire la vérité. » Elle prend son téléphone et appelle sa fille.

— Ma chérie, je voulais te prévenir que je rentrerai une heure plus tard que prévu. Il y a un monsieur, c'est un client de la boutique. On a sympathisé, on s'est vus une ou deux fois, et il est passé me proposer d'aller quelque part ce soir. J'ai commencé par refuser, mais il part demain pour trois semaines, alors j'ai accepté de prendre un verre avec lui, mais je rentre juste après, promis ! Et on dînera ensemble comme prévu. Tu ne m'en veux pas ?

Alice a parlé d'une traite, comme un enfant qui a fait un gros effort pour confesser une bêtise, misant tout sur le « faute avouée à demi pardonnée ». La seconde de silence qui accueille sa tirade lui semble infinie.

— Quelle idée, pourquoi est-ce que je t'en voudrais ? Au contraire, je suis contente pour toi que tu te fasses… des amis. Vas-y, et dîne avec lui si tu en as envie.

— Mais tu as tout préparé !

— Et alors ? Ça fera notre déjeuner demain.
— Mais toi, qu'est-ce que tu vas faire ?
— J'avais prévu d'aller rejoindre des amis plus tard, je vais y aller maintenant, c'est cool.
— Tu es sûre ?
— Mais oui, surtout qu'ils vont dans un restau que j'avais envie d'essayer. Mais je ne voulais pas te laisser dîner seule, alors en fait, ça tombe très bien !

En rejoignant M. Lampe, Alice a l'impression d'avoir dix ans de moins. Elle est fière de lui annoncer qu'elle est finalement libre à dîner, même si elle est bien consciente que si ça ne tenait qu'à elle, Fourcha l'aurait encore emporté.

Apéro : nickel.

Dîner : parfait.

C'est le court bilan que tire Alice en sortant du restaurant.

À part Laurent, il n'y a aucun homme avec qui elle se soit sentie aussi à l'aise que M. Lampe, et pour la première fois, à plusieurs reprises, elle a osé se projeter, rêver, imaginer que l'homme en face d'elle serait bientôt le sien.

Mais dès qu'il a proposé de la raccompagner chez elle, la vierge effarouchée animée par Fourcha a repris le pouvoir, transformant toute idée de rapport sexuel en scène de comédie des années soixante-dix, faisant d'elle la sœur jumelle de Pierre Richard, naïve et maladroite.

Arrivée en bas de son immeuble, Alice a écourté les adieux sous prétexte que sa fille l'attendait et qu'il était grand temps qu'elle rentre. Un mensonge maintenant, de mieux en mieux ! Dans quel but ? Uniquement pour mettre fin à la gêne qui montait à mesure que l'instant de se séparer approchait, réduisant ainsi à néant toute possibilité que leur jolie soirée se termine par le baiser qu'elle désirait tant.

Allongée sur son éternel canapé, Alice guette le retour de Chloé, gourmande de son récit. Depuis le départ de Laurent et les insomnies qui lui sont désormais coutumières, c'était devenu pour elle une habitude de veiller assez tard pour voir Chloé rentrer, s'allonger aux côtés de sa fille et l'écouter lui raconter sa sortie, jusqu'à ce que, tombant de sommeil, elle s'endorme littéralement en parlant. Alice a envie de retrouver ce moment partagé au cœur de la nuit, et aussi de se distraire pour tenter d'oublier qu'elle a sans doute déçu son chevalier servant.

Déjà 2 heures, et Chloé n'est pas rentrée.

Normal. Elle s'amuse, elle.

Apercevant son carnet sur la table, Alice a l'impression de retrouver un ami, le seul qui soit toujours là pour elle.

Chère Moi – j'ai failli écrire « Cher Toi », j'avais oublié que ma meilleure amie, c'est moi !

Si heureuse d'avoir dîné avec lui. J'ai eu envie de l'embrasser et je voudrais profiter de ce journal pour faire le point sur cet épisode.

Le dîner était parfait. J'en suis consciente, je tombe amoureuse, en me sentant d'autant plus libre que je n'ai pas besoin de m'inventer une fausse vie. Je suis vraiment moi-même avec lui. Même avec Laurent, je n'avais pas cette assurance, et surtout cette confiance. Je voulais lui plaire à tout prix, tout le temps. Alors que lui, je sais que je lui plais, mais je ne m'oublie pas pour autant. D'ailleurs, j'applique la méthode de Lydia pour ne pas me fondre en lui comme j'aurais tendance à le faire à chaque fois que je suis avec quelqu'un que j'aime : je me concentre sur ma main pendant qu'il me parle ou que je lui parle. C'est comme une ancre pour un bateau en pleine mer. Voilà, chez moi, seule, je suis au port, au calme, je suis en sécurité. Mais la vie, c'est souvent la pleine mer, avec ses vagues et parfois même ses tempêtes. Voir cet homme que j'aime beaucoup soulève tant d'émotions... Alors, je pense à ma main, je ressens chacun de mes doigts. Bizarrement, ça ne m'empêche pas de l'écouter, et même activement puisque nous partageons plein d'expériences, et que j'adore son humour et son honnêteté.

Mon ancre-main me permet de me concentrer sur mon ressenti au lieu de me pencher vers lui et de le laisser m'absorber entièrement, comme un roseau croulant sous la neige. Mon envie d'aimer, d'aider, d'écouter l'autre me fait parfois l'effet d'une neige épaisse qui tomberait sur la tige de mon roseau. Avec lui, j'essaie de rester moi. C'est finalement ce que l'on a de mieux à faire avec un autre. Être soi. Ne pas s'inventer plus forte qu'on ne l'est. Mais pas non plus jouer de ce que je pensais être de l'humilité en disant « Je ne suis rien, je ne fais rien ». Être soi, c'est regarder vraiment qui on est, et, étonnamment, je remarque qu'il faut plus d'humilité pour accepter ses qualités que pour parler de ses défauts. J'étais tellement habituée à renvoyer une image négative ou sans intérêt de moi...

Mais tout cela n'écarte pas la grande question : pourquoi ne nous sommes-nous pas embrassés ?

Eh bien, je l'avoue, j'ai failli lui donner le feu vert, j'ai même failli faire le premier pas. Mais mon ancre-main m'a renvoyé une certaine dose de peur. Peur qu'il ne m'appelle plus, qu'il me trouve nulle, qu'il joue avec moi... Sûrement des idioties, mais pour une fois je n'ai pas essayé de me convaincre du contraire de mon ressenti, sous prétexte que cela pouvait répondre à « ce que l'on attendait de moi ».

Et je ne pense pas qu'il y ait de véritable amour sans confiance. Or, la confiance ne se nourrit pas de la peur. Au contraire, elle la détruit. Tant que j'aurai peur au fond de moi, je ne veux pas avancer trop vite.

Mieux vaut le perdre que de me perdre. Même si cela prend du temps (et la tête !).

En tout cas, je pense que s'il se passe quelque chose entre nous, il n'y aura pas de malentendus, car notre dialogue est sincère, assez pour qu'on sache tous deux avec qui et dans quoi on s'embarque si on décide de faire un bout de chemin ensemble.

Et puis il va être absent trois semaines, ça laisse le temps de tester nos endurances respectives... et ma patience, hein, Fourcha ?

L'autre grande nouvelle, ce sont les retrouvailles avec Chloé. J'ai compris pourquoi elle me manquait tant. Elle s'occupe de moi, elle avait préparé notre dîner, elle m'a laissée rejoindre M. Lampe alors qu'on était censées passer la soirée ensemble. Finalement, avec elle j'expérimente ce que pourrait être une relation de couple réussie : beaucoup de liberté et peu de contraintes. Personne ne se doit rien, mais tout le monde se souhaite le meilleur. Avec Lucas aussi, c'est ce que je devrais viser, et je réalise que j'ai encore du chemin avant d'y arriver.

Chloé, ma chérie, ce week-end improvisé avec toi était parfait, et tu m'as rappelé que notre lien est éternel !

Chapitre 19

Penchée sur la table de travail de sa mère, Chloé observe le tableau sur lequel elle est en train de travailler, puis elle feuillette son carnet de croquis. Alice y a non seulement esquissé des idées pour ses collages, mais aussi mis la photo de chaque travail achevé.

— C'est vraiment très beau, bravo, maman. Et puis, toutes ces demandes qui s'accumulent, c'est génial.

— Oui, mais je commence à être franchement débordée, j'ai de plus en plus de mal à gérer…

— Tu devrais peut-être arrêter la boutique ?

— J'y ai pensé, et je vais sûrement le faire, mais pas avant de m'être organisée. Pour l'instant, ça fonctionne très bien par bouche-à-oreille, mais si je veux vraiment que ça devienne mon activité principale, il faut que je procède de façon professionnelle. J'ai fait des recherches, il n'y a aucune société qui offre un service équivalent au mien. J'aimerais aussi développer tout l'aspect recyclage : j'ai proposé à plusieurs associations de récupérer les vêtements dont les familles ne veulent plus. Elles étaient ravies, je me suis organisée selon les quartiers et maintenant, quelqu'un passe chercher les sacs dans les vingt-quatre heures. J'ai d'autres idées pour éviter que toutes sortes d'objets soient jetés, et donner un autre caractère utile à mon activité.

— C'est super ! Mais c'est vrai que tu vas avoir besoin d'une structure.

— J'ai réfléchi : il suffirait que j'aie un site avec des tarifs officiels, un agenda affichant les dates disponibles, et ça me permettrait non seulement d'avoir une vitrine, mais aussi d'être plus efficace. Les journées où je suis à Happy Home, je trouve parfois cinq ou six messages en rallumant mon portable ; rien qu'en rappelant les personnes qui m'ont contactée, je perds déjà une demi-journée.

— Eh bien fonce, qu'est-ce que tu attends ?

— J'ai regardé, c'est super cher ! Il faut compter plusieurs milliers d'euros pour une création de site et l'entretien à l'année. C'est un investissement important. Je ferais mieux d'attendre d'avoir encore plus de demandes.

— Pour être encore plus débordée ? Ce que tu fais, ça exige du temps et surtout de la disponibilité, sinon tu n'arriveras plus à créer de lien avec tes clientes, tes collages deviendront systématiques, et beaucoup moins forts. Donc tes clientes seront déçues et le bouche-à-oreille se tassera.

— Tu as raison. Alors quoi : je continue sans rien changer en mettant de l'argent de côté ?

— Non, ce que je crois, c'est que tu devrais former quelqu'un pour travailler avec toi chez tes clientes. Imagine que tu aies deux ou trois personnes qui t'aident, tu les accompagnerais à chaque rendez-vous, histoire de voir la chambre, l'ambiance, de discuter avec la mère, d'isoler les éléments clés dont tu m'as parlé. Et puis après, tu pourrais laisser ton assistante s'occuper du tri – c'est ça qui prend le plus de temps, non ? Et tu n'aurais plus qu'à réaliser le collage. Ça, personne ne peut le faire à ta place.

— « Ton assistante », comme tu y vas !

— Et pourquoi pas ? Moi, je vais commencer au bas de l'échelle et occuper différents postes avant d'ouvrir mon restau, c'est normal, c'est comme ça qu'on apprend.

— Mais les rapports d'autorité, ce n'est pas pour moi. Chaque fois que je regarde une émission culinaire et que je vois comment se comportent les chefs, j'ai peur pour toi. Et je serais mal à l'aise si je devais donner des ordres à quelqu'un.

— Une cuisine de restaurant, c'est différent, il y a toute une hiérarchie et chacun doit tenir son rôle, sinon ça ne fonctionne pas.

— D'accord, mais je n'ai pas l'âme d'un chef d'entreprise. Ni les compétences. Même avec une petite structure, il y aura forcément plein de trucs à faire en termes administratifs. Et les impôts ?… Rien que d'y penser, ça m'angoisse.

— Ben il serait temps d'y penser, pourtant, parce que au-delà d'une certaine somme, il va falloir déclarer tes revenus. Tu as calculé combien ton activité t'a rapporté jusqu'à présent ?

L'embarras se lit sur le visage d'Alice.

— Je ne me suis jamais posé la question. La somme varie. Ça dépend du temps passé, et des moyens de la personne qui m'emploie. J'ai été dans de très beaux appartements, et dans d'autres beaucoup plus modestes, il me faut parfois quatre heures, parfois le double… Je m'adapte… et j'adapte mes prix. Il y en a qui me paient par chèque, d'autres en espèces.

Mais je n'ai rien noté. Et je n'ai pas réfléchi à déclarer quoi que ce soit. Quelle catastrophe.

— Tu prendras un comptable, c'est lui qui s'en occupera.

— Un comptable ? Mais chérie, tu rêves ! Mon activité consiste à écouter, à trier, et à créer un souvenir. C'est de l'artisanat ! Combien de personnes crois-tu que je puisse me permettre d'embaucher en tant qu'artisan débutant de cinquante-trois ans ?

— Tu dois penser autrement, on est à l'époque des start-up, maman ! Les structures sont plus souples, c'est facile de démarrer. Renseigne-toi sur les différentes façons d'employer des gens, et même si tu ne prends qu'une étudiante à temps partiel, ça veut quand même dire que tu donnerais du travail à quelqu'un, ce serait fantastique, non ?

— C'est vrai que présenté comme ça… Mais c'est un cercle vicieux : avant d'embaucher quelqu'un, il faudrait que je sois assurée d'avoir de la demande durablement, ce qui me renvoie à l'obligation d'ouvrir un site, et je n'ai pas les fonds.

— Fais-toi un book et va voir ton banquier ! Ou commence par te créer une page Instagram.

— À quoi ça me servirait ?

— Ça serait ta fameuse vitrine, et aussi un point de contact, en attendant que tu aies les moyens de financer ton site. Il suffit que tu publies les photos que tu as faites de chacun de tes collages, tu en as déjà une belle collection… Et tu n'auras plus qu'à ajouter les nouvelles au fur et à mesure.

— Je ne saurai jamais faire ça…

Chloé lève les yeux au ciel et va chercher son ordinateur.

Chère Moi, future chef d'entreprise,

Je vais l'écrire à nouveau. Chef, ou cheffe d'entreprise ? C'est étrange, ce terme résonne à la fois comme un rêve et une prison. J'ai toujours admiré les femmes qui s'étaient lancées dans leur propre business, et en même temps j'ai toujours eu un peu de peine pour elles. Tant de responsabilités, le monde de l'entreprise me paraît tellement compliqué avec son armada de comptables, d'impôts, de décisions à prendre. Mais en fait, chaque étape est à gérer au fur et à mesure. Et la première consiste à décider d'exister aux yeux du monde. Pour l'instant, je me planque un peu, j'ai l'impression de faire un petit à-côté ou un « job de bonne femme », comme a dit mon futur ex-mari quand je lui ai parlé de monter un atelier de création.

Et l'idée d'employer quelqu'un même à mi-temps me terrifiait. Et si je ne suis pas à la hauteur, et si je ne sais pas gérer... Chloé a été formidable. Elle m'a dit : « Maman, tu as géré Lucas, tu peux tout gérer ! » On a explosé de rire toutes les deux. Mais elle a raison. J'ai accouché, vécu le départ de mes enfants, et je vais bientôt divorcer. Finalement, j'ai fait le plus dur ! Le reste, ce sera facile si je ne me projette pas dans un avenir trop nébuleux ou lointain. Il faut simplement prendre les choses au jour le jour. Et Chloé a été géniale. Elle a consacré une grosse heure de son temps à me montrer comment mettre mes collages en ligne sur Instagram. J'avoue que sur le site, ça a de la gueule !

Au passage, j'ai réalisé que la différence entre les gens qui osent et ceux qui n'osent pas, c'est simplement le fait d'assumer qui ils sont. Et assumer publiquement mes collages, les voir en photo les uns à côté des autres, ça m'a donné le sentiment de renaître. Faire les choses, c'est bien. Les assumer publiquement, ça les fait naître aux yeux du monde. Et tant pis pour les critiques ou ceux qui n'aiment pas.

Chapitre 20

Alice reste debout au milieu de la pièce et regarde autour d'elle, médusée. Elle n'a jamais vu de chambre aussi grande et se dit qu'elle doit faire à peu près la taille de son appartement.

— Comme vous le voyez, il y a assez peu de rangements, observe Valérie Dubreuil, donc ça ne devrait pas être plus long qu'ailleurs. Mais prenez le temps qu'il vous faudra, bien sûr.

— Bien sûr, répète Alice, que l'appartement intimide autant que sa propriétaire.

Petite et menue, celle-ci s'exprime d'une voix claire et naturellement autoritaire qui contredit son gabarit. Ses cheveux blonds sont attachés en chignon, elle porte un tailleur strict à la coupe impeccable et se déplace avec une aisance folle sur des talons hauts qui résonnent sur le marbre recouvrant le sol.

— Et si vous avez faim, allez à la cuisine ; vous y rencontrerez Amélie, la cuisinière, elle pourra vous préparer un repas quand vous le voudrez. C'est au fond du couloir qui part de l'entrée, vous trouverez facilement.

— Merci beaucoup, répond Alice, persuadée qu'elle serait malgré tout capable de se perdre.

— Eh bien voilà, à vous de jouer.

— Très bien. Par quoi voulez-vous commencer, regarder les affaires ou parler ?

— … Parler ? Je ne comprends pas, je croyais que vous vous étiez entendue avec ma secrétaire concernant vos honoraires…

— Oui, oui, il n'y a aucun problème de ce côté-là. Mais ce n'est pas avec elle que je vais parler de votre fils. De vos souvenirs… De ceux que vous désirez garder…

Restée sur le seuil, Mme Dubreuil se décide enfin à entrer dans la pièce.

— Ah… Ça me revient, maintenant, vous aidez les gens à choisir ce qu'il faut conserver, n'est-ce pas ? Mais moi, je n'ai pas besoin de ça, mon fils a déjà pris tout ce qu'il souhaitait emporter.

— Et vous ?

— Comment ça, moi ? Ce sont ses affaires, pas les miennes…

— Mais il y a forcément des souvenirs qui vous tiennent à cœur.

— Oui, mais j'ai déjà des albums photo de toutes nos vacances.

— Il n'y a pas que les vacances, il doit bien y avoir des dessins qu'il vous a offerts lorsqu'il était enfant, des petits objets qui ont une valeur sentimentale… Tenez, hier, une maman m'a remis le bracelet en plastique qu'on avait mis autour du poignet de sa fille à la clinique où elle est née ; vous savez, avec le prénom du bébé dessus… Ce sont des choses comme ça dont je me sers pour réaliser mes collages.

— Ah oui, les collages, ma secrétaire m'en a montré quelques-uns sur votre compte Instagram. Écoutez, c'est gentil mais je ne saurais pas où mettre le mien. J'ai des tableaux sur tous mes murs et cette pièce va devenir une chambre d'amis, ce ne serait pas approprié.

— Et dans votre chambre ?

— C'est pareil, tous les murs sont pris. Laissons tomber, c'est gentil, mais ce ne sera pas nécessaire.

Alice la dévisage, interloquée.

— Alors je ne comprends pas ce que je fais là. Et puis, arrêtez avec « C'est gentil », ce n'est pas gentil, ce collage, c'est une grande partie de mon travail ! Je ne suis ni femme de ménage ni… débarrasseuse de chambre ! Je suis là pour aider les mamans à traverser une époque de renoncement douloureuse, et dont le point culminant est souvent celui où il faut vider la chambre de leur enfant. Le tableau que je leur remets ensuite, c'est la somme de leurs souvenirs, mais c'est aussi le symbole du lien indestructible qui les unit.

— Écoutez, lui dit Valérie Dubreuil en baissant la voix, autant que ce soit clair, je ne suis pas ce genre de mère.

— « Ce genre de mère » ? Je ne comprends pas.

— Vous savez, j'ai beaucoup travaillé pour en arriver où je suis aujourd'hui. Alors j'ai été absente. Souvent. J'en ai loupé, des kermesses, des goûters d'anniversaire, des compétitions de tennis… Ça me faisait mal au cœur, mais je n'avais pas le choix. Mon fils m'a demandé vingt fois d'accompagner une sortie scolaire, mais ça tombait systématiquement quand j'étais en déplacement. Alors des dessins, j'en ai eu quelques-uns, mais la plupart, je crois qu'il les offrait à sa gouvernante, une femme formidable qu'il adorait et qu'il voit toujours. D'une certaine manière, elle m'a remplacée. J'en ai été jalouse, mais je n'étais pas assez égoïste pour me mettre entre eux alors qu'il avait besoin d'elle. Bref, après son bac, Cédric est parti faire ses études aux États-Unis, et il y vit depuis. Quand il est à Paris, il passe rarement nous voir ; en fait, il vient seulement quand nous organisons des repas avec d'autres membres de la famille ou des amis qu'il affectionne. Il a quitté la maison il y a plusieurs années, et j'ai eu le temps de faire mon deuil.

Tout au long de son monologue, l'expression de Valérie Dubreuil s'est adoucie, le masque de la femme d'affaires laissant peu à peu la place à un visage sur lequel plane une profonde tristesse. Quand elle se tait, elle n'a plus rien de la femme sûre d'elle qui impressionnait Alice, et celle-ci ne voit plus chez sa cliente que les regrets qui lui pèsent.

— Vous restez tout de même sa maman, lui dit-elle doucement. Je suis sûre que maintenant qu'il est adulte, il comprend que vous n'aviez pas le choix.

— Je n'avais pas le choix, mais si j'avais su, j'aurais sans doute trouvé le moyen de faire autrement…

Elle s'interrompt, semble chercher ses mots, quand une petite sonnerie vient rompre le silence. Valérie Dubreuil jette un œil à son téléphone et se reprend.

— J'ai une réunion qui commence, je dois me connecter. Je suis désolée si je vous ai fait venir pour rien. Vous pouvez partir, je vous réglerai votre prestation et je dirai à ma femme de ménage de vider la chambre.

— Non, non, je vais le faire, ne vous inquiétez pas.

Sa cliente soupire, elle s'apprête à dire quelque chose puis se ravise.

— Faites comme chez vous, lance-t-elle à Alice en sortant, laissant les formules de politesse reprendre le dessus sur ses émotions.

Finalement, Alice n'aura jamais l'occasion de savoir si elle se serait perdue en cherchant la cuisine, car sa tâche l'absorbe si profondément que les heures défilent sans que la faim se fasse sentir. C'est la première fois qu'elle s'immerge seule dans la chambre de quelqu'un, et comprendre qui est Cédric en se contentant de débarrasser ses affaires, sans être guidée par les commentaires et souvenirs de sa mère, relève d'un rébus. Elle se rappellera longtemps qu'avant de commencer à ouvrir les armoires et tiroirs qui s'offraient à elle, debout au milieu de la pièce, elle a prononcé à voix haute ces trois mots : « Qui es-tu, Cédric ? » Car pas question de renoncer à la phase ultime de son travail ; au contraire, elle lui semble peut-être encore plus essentielle ici qu'ailleurs, car quoi que Valérie Dubreuil fasse du tableau qu'Alice concevra pour elle, celle-ci se donne pour mission de tenter de la réconcilier avec sa place de mère.

Alors, semblable à un enquêteur, Alice rassemble des indices, les étale un à un sur le bureau de Cédric, en enlève parfois un pour le remplacer par un autre, et peu à peu la personnalité du jeune homme prend forme dans son esprit. Ce petit jeu de rôle lui permet de donner du sens à son travail, mais il a aussi une autre vertu : il la débarrasse du désagréable sentiment d'être un intrus qui s'immisce dans l'univers d'un inconnu pour lui dérober son âme.

De retour chez elle, Alice n'attend guère pour commencer son œuvre : elle craint d'oublier ce qu'il lui semble avoir perçu en passant des heures plongée dans l'univers de Cédric.

Dès le lendemain, elle dépose son collage chez la gardienne de l'immeuble de Valérie Dubreuil. À l'intérieur, une carte, sur laquelle elle a écrit :

Chère Madame,

Permettez-moi de vous remettre le collage que j'ai réalisé, bien que vous m'en ayez dispensée. J'ai tenté d'y restituer la personnalité de Cédric, à travers certains objets et souvenirs qu'il avait conservés.

Je ne sais pas combien de dessins il a offerts à sa gouvernante, mais j'ai découvert plusieurs portraits de vous, réalisés à des âges différents. Vous en trouverez trois dans ce tableau. Naturellement, la façon dont il vous a représentée évolue au fil des années, mais du dessin le plus enfantin au plus récent, vous y êtes toujours belle et douce. En cela, ils ressemblent aux dessins que font tous les petits garçons de leur maman, et je suis certaine que ses yeux vous ont toujours regardée avec le même amour.

Il vous reste encore de nombreuses années pour rattraper le temps perdu.

Alice

Chère Moi,

J'ai reçu le plus somptueux bouquet de fleurs de toute ma vie... Et je colle ici tel quel le mot qui l'accompagnait.

Chère Alice,

Je ne me permettrais pas de vous appeler ainsi si je n'avais pas senti au travers du merveilleux collage que vous avez créé pour moi une connexion aussi forte entre nous. Jamais je n'aurais pensé qu'une étrangère puisse me connaître aussi vite et aussi bien. Merci d'avoir compris mon fils et sa délicatesse, sa pudeur aussi.

Merci pour votre mot, qui me fait réaliser à quel point tout n'est pas perdu entre nous. Au contraire, je suis soudain prête à croire que tout pourrait redémarrer. J'ai même planifié une visite surprise à NY pour aller le voir sur son campus, et je ferai ce que je n'ai pas osé faire depuis des années, le prendre dans mes bras et le remercier d'être qui il est.

Vous m'avez rendu l'amour que je pensais avoir laissé s'échapper, comme l'eau s'évapore sous la chaleur. Merci.

Jamais un mot ne m'a fait plus plaisir. Au début, le statut social de cette femme me l'avait rendue distante, un peu antipathique, et surtout j'ai reconnu en moi la peur d'avoir l'air gourde devant plus riche que moi.

C'est étrange, ce sentiment d'avoir les pieds en dedans chaque fois que je rencontre quelqu'un qui a mieux réussi financièrement que moi (ce qui n'est pas difficile !). Pourtant, je ne viens pas d'une famille si modeste que ça, mais j'ai toujours ce vieux réflexe qui me porte à croire que les riches ont quelque chose de plus.

Bizarrement, ces derniers temps, chaque fois que j'en ai rencontré un ou une, j'ai remarqué qu'ils avaient une distance avec eux-mêmes et leurs proches qui ne me faisait pas du tout envie. Au contraire, j'ai eu presque de la peine. C'est fou, chaque fois que j'allais chercher mes enfants à l'école et que je voyais les nounous attendre les autres enfants, j'imaginais des vies de femme incroyables dans ces familles à nounou, des savoir-faire que je n'avais pas, une force dont j'étais dépourvue, une ambition que j'enviais, une réussite qui m'échappait pour toujours.

C'est terrible de constater à quel point l'être humain a tendance à se laisser impressionner par l'argent ou un signe extérieur de richesse, même quand il émane d'une personne visiblement en souffrance.

Mes signes extérieurs de médiocrité me faisaient souvent un peu honte, mais au fond je réalise la force que m'ont donnée ces années de sorties d'école et de goûters. Finalement, moi aussi j'ai goûté... aux plaisirs simples de ma vie au moment où ils s'offraient à moi, et j'ai su être une mère au moment où je n'avais que ça à faire. Dommage que je me sois tant mésestimée.

Bref, cette femme détestable au début, Valérie-chef-d'entreprise (comme moi finalement !) m'émeut encore plus que les autres. Sa culpabilité l'a empêchée de tisser une vraie relation avec son fils, et de voir l'amour qu'il nourrissait à son égard.

Je pense que c'est la pire chose qui puisse arriver à une mère : ne pas être capable de ressentir l'amour de son enfant. Même quand ils couraient partout parce qu'ils ne voulaient pas prendre leur bain ou que je les empêchais de voir leurs copains pour faire leurs activités et qu'ils criaient qu'ils me « détestaient », je n'ai jamais cru que cela pouvait être vrai. Au contraire, cela me faisait rire ! Réparer le lien de Valérie et Cédric avec mon tableau a touché une corde encore nouvelle en moi. Celle de la possibilité de changer le destin de quelqu'un, ou tout simplement sa vie, comme la mienne a basculé.

Quand je vois la route accomplie depuis que Laurent m'a quittée, alors que je pensais ne jamais m'en relever, je ressens aujourd'hui la force que donne la vie quand on daigne la regarder avec un peu de recul, voire d'amour. Le tableau que j'ai créé pour Valérie n'avait pas pour objet de raviver un souvenir, mais au contraire de construire un futur débarrassé, comme la chambre, de tout ce qui empêchait sa fonction de mère d'évoluer. Peu importe le passé, au fil de la journée, j'ai bien vu dans ses yeux un changement de lumière, un peu comme s'ils retrouvaient l'éclat qu'ils avaient perdu. Et en relisant son mot encore et encore, j'ai l'impression de l'avoir aidée à se délivrer de ce qu'elle vivait comme une faute lourde. Elle s'est enfin pardonné. Peut-être parce que je ne l'ai pas jugée.

La vie est comme mes collages, en mouvement, un pêle-mêle de nous-même et d'une relation, mais, bien qu'il soit encadré, mon collage ne fige pas la relation. Il est comme une étape pour un nouveau départ. Certaines partent à la conquête de leurs rêves, de leurs ambitions, d'autres à la reconquête de leur maternité. Comme dit Lucas, ce qui est grave, c'est la mort. Et tant que la vie est là, le possible est toujours en orbite !

Chapitre 21

« Bonjour, c'est moi, comment se passe votre voyage ? »

Alice soupire et efface le message qu'elle vient de taper. Comment être sûre que M. Lampe saura qui est le « moi » lui adressant ce SMS ? Quelle idée, aussi, d'avoir refusé qu'ils échangent leurs prénoms ; le mystère, c'était sympa au début, mais c'est moins drôle, d'un coup.

« Tu n'as qu'à lui dire que tu es la vendeuse de Happy Home, comme ça, il saura », lui suggère Fourcha, qui n'est jamais bien loin.

Mais non, ils ont dépassé ce stade depuis longtemps, il faut trouver quelque chose qui fasse référence à leur dernière soirée. Alice réfléchit, se remémore les sujets qu'ils ont abordés, cherche lequel pourrait lui servir à rebondir, mais tout lui semble artificiel, et rien ne justifie qu'elle lui envoie soudain un message, alors qu'il est à l'autre bout du monde.

La Butte-aux-Cailles. C'est là qu'il l'a emmenée dîner, il suffit d'y faire allusion.

Et s'il emmenait d'autres femmes dîner dans ce quartier ? Après tout, que sait-elle de sa vie ? Un type qui drague une vendeuse dans une boutique est forcément coutumier du fait, peut-être que ces dernières semaines il y en a eu deux ou trois autres qu'il est allé surprendre à la fin de leur journée de travail pour les inviter à dîner, notamment à la Butte-aux-Cailles ? Aucune chance que l'une d'elles soit aussi farouche qu'Alice, elles n'ont pas dû hésiter à donner leur prénom, leur numéro, et ne sont sûrement pas terrifiées à l'idée de se retrouver dans un lit avec M. Lampe.

Et puis elles sont sûrement plus jeunes. Beaucoup plus jeunes.

D'ailleurs, ils se tutoient sans doute. Eux-mêmes auraient dû se tutoyer depuis longtemps, s'il ne le lui a jamais proposé, c'est parce qu'elle est vieille. En tout cas, plus vieille que les autres.

Pourtant, c'est avec elle qu'il a souhaité passer sa dernière soirée avant son départ. Et quand ils sont ensemble, le temps file ; tout est fluide, évident. Les sujets de conversation s'enchaînent, les éclats de rire aussi. Lors de leur dernier dîner, le ton était plus intime, ils ont parlé de leurs enfants, de l'échec de leurs mariages respectifs. Sans tricher, sans chercher à masquer leurs faiblesses. Et elle se le répète comme un mantra : c'est avec elle qu'il a choisi de passer sa dernière soirée avant une longue absence, ça veut forcément dire quelque chose.

À moins qu'il ait passé les nuits précédentes avec les autres, et qu'elle ait été la seule qu'il lui restait à conquérir.

— Fourcha, tais-toi ! s'écrie Alice, exaspérée par les voix contradictoires qui s'affrontent dans sa tête.

Alice se souvient qu'elle s'est promis de se fier à son instinct, et ce qu'il lui souffle, c'est qu'une telle attitude réduirait M. Lampe à un vulgaire séducteur accumulant les aventures ; or, ça ne colle pas avec sa personnalité.

Sur la table, son carnet rose lui fait de l'œil. Rose, ose, ose…

Allez, juste quelques mots, ce n'est pas la mer à boire, et si elle ne le fait pas maintenant, elle risque de le regretter plus tard, car Alice sait que plus elle attendra, plus ce premier message sera compliqué à écrire.

« J'ai eu un rendez-vous près de la Butte-aux-Cailles et j'ai pensé à vous. J'espère que votre voyage se passe bien. Je vous embrasse. »

Alice contemple son message, peu satisfaite. Elle n'est pas retournée dans le quartier de la Butte-aux-Cailles, mais peu importe, ce n'est pas un vilain mensonge, et il lui offre une entrée en matière. En plus, il y a plein de « vous », il devinera donc qu'elle est l'expéditrice du SMS. Mais il doit y avoir mieux, non ? En tout cas, plus original. Il manque quelque chose.

Et si elle signait son message ? C'est peut-être le moment de mettre fin à son petit jeu… De toute façon, il va désormais connaître son numéro, alors pourquoi pas son prénom ? Si ça se trouve, M. Lampe aussi l'a affublée d'un surnom débile, peut-être que pour lui elle est « Mme Verre », ou « Happy Cruche ». À bien y réfléchir, elle ne sait même plus d'où lui est venue cette idée stupide de rester anonyme ; elle n'a rien à cacher, surtout pas son prénom.

Peut-être que ça lui ferait plaisir de l'apprendre maintenant, d'autant plus que, livré comme ça, au moment où il s'y attend le moins, ça ressemblerait à une confidence. Un degré de plus dans leur intimité.

Et du coup, ça forcerait M. Lampe à lui donner son prénom en retour. Alice ne serait pas fâchée de le connaître ; comment peut-il s'appeler ? Philippe ? Jérémie ? Lionel ? Franck ? Non, il n'a pas du tout la tête d'un Franck… Et Solal ? Tiens, celui-ci lui irait bien, en plus, Solal, Soleil, ça collerait avec « Lampe ». N'importe quoi, il est temps d'envoyer son fichu message. Elle reprend son téléphone, bien décidée à conclure son SMS par une signature… Mince, elle a appuyé sur la petite flèche, le message est parti !

Quelle idiote.

Prostrée dans son canapé, Alice surveille son téléphone à distance. Et voilà, elle est dans l'attente, exactement ce qu'elle redoutait.

Cela fait déjà une heure que son SMS est parti, combien de temps avant que M. Lampe réponde ? D'un autre côté, un message aussi dénué d'intérêt, ça sert à quoi ? Elle a loupé une belle occasion de marquer des points, c'est nul. Il suffisait qu'elle réfléchisse davantage et elle aurait trouvé mieux. Là, il est au bout du monde, certainement stressé et fatigué, et, au lieu de lui envoyer une bouffée d'air frais, elle vient de lui donner une preuve supplémentaire de sa banalité. Si seulement elle avait conclu le message par son prénom, ça changeait tout. Mais elle a toujours été maladroite, même pas fichue de tenir son téléphone sans appuyer sur n'importe quelle touche, c'est désolant.

Ce n'est pas une raison pour la faire attendre comme ça, merde ! D'accord, ce qu'elle lui a écrit est insignifiant, mais au moins il n'aura pas besoin de se fouler pour répondre, et la communication sera établie.

Il doit être en réunion. Ou dans un avion. À moins qu'il ne s'en foute. Peut-être qu'il l'a déjà oubliée. C'est ça, il est dans un autre monde, entouré de filles exotiques et sublimes avec une personnalité incroyable comme Mulan, et le message fade de la vendeuse du Centre Beaugrenelle ne mérite pas de réponse.

Peut-être qu'il dort, quelle heure est-il en Asie ? Ce serait bien qu'il soit 2 heures du matin, elle arrêterait d'attendre et elle pourrait enfin passer à autre chose, du moins pendant un moment…

Soudain, la sonnerie tant espérée retentit. Alice se précipite sur son téléphone.

« Dès que j'ai vu arriver un message en provenance d'un numéro inconnu, j'ai espéré que ce serait vous. Je n'ai pas besoin de passer près de la Butte-aux-Cailles pour penser à vous, tant le souvenir de notre dernière soirée m'accompagne. Votre message vous ressemble, par sa simplicité et son mystère. J'ai même appris à apprécier le fait de ne pas connaître votre prénom. Je vous embrasse aussi. »

Chère Moi,

La naissance de mon compte Instagram m'a fait un tel bien que j'ai envoyé un message à Mister Lamp.

J'ai osé… un peu aidée par la technique, je l'avoue, car mon message est parti à l'insu de mon plein gré ! Cela devait être le bon moment, et moi je n'étais pas encore prête à vivre le bon moment. Alors le « hasard » (?) a fait glisser le message.

Tout comme il m'a fait accepter le divorce, travailler chez Happy Home, où j'ai rencontré M. Lampe.

Hasard, on dit de toi que c'est ainsi que Dieu te nomme quand il veut rester anonyme. Je ne suis pas très croyante, mais je perçois dans ma vie, depuis que je prends des décisions qui ne me ressemblent pas, ou en tout cas qui ne ressemblent pas à la peureuse que je pensais être, un amoncellement de « hasards » qui n'en sont évidemment pas. Le hasard n'existe pas, c'est une chaîne mise en place par la vie quand on daigne graisser un peu les rouages. Quand on ose oser, comme je l'écris inlassablement dans ce journal. En fait, il est presque étonnant de constater à quel point on n'ose pas oser. Et si le message n'était pas parti, je serais encore en plein dialogue avec Fourcha à me penser plus sotte et moins désirable qu'une autre. Alors que la réponse de M. Lampe m'envoie au paradis.

Malgré le décalage horaire, il m'a répondu. Je n'ai plus touché terre après son texto, et franchement, j'ai du mal à croire ce que j'ai lu. Qu'il pensait à moi. Sans chercher de prétexte. Je me suis ancrée immédiatement à ma main. Sinon, tu me connais, j'aurais flotté durant des heures autour de notre futur improbable et tiré tous les plans sur la comète imaginables.

Depuis, on s'écrit tous les jours, et il faut que je fasse bien attention à ma main et que je reste connectée à elle. Respirer, inspirer, expirer et enlever la peur, la boule au ventre qui sanctionne la possibilité qu'il m'arrive quelque chose. D'ailleurs, je me rappelle ce dialogue qui m'avait tant marquée dans Le Monde de Nemo *(je suis passée de Disney à Pixar, de mieux en mieux...). Le papa de Nemo dit à Dory « J'ai tout fait pour qu'il ne lui arrive rien », et Dory, mon personnage préféré de tous les temps, lui répond : « Mais c'est affreux, de souhaiter cela à son enfant. » Eh oui, moi aussi, c'est comme si j'avais souhaité qu'il ne m'arrive rien. Et souvent, je me le dis encore ! « Pourvu qu'il n'arrive rien... » Il faut que je m'entraîne à ne plus avoir peur qu'il arrive quelque chose, d'autant plus que tout me montre que la vie me donne raison de sortir de ma zone de confort. La « zone de routine », c'est ainsi qu'on devrait l'appeler, ça tenterait moins les gens, d'un coup.*

Cette zone allait de mon frigo à mon pyjama et s'arrêtait tous les jours sur les deux mètres carrés de mon canapé-lit avec le rectangle noir dans la main. Ma télécommande. Au fond, j'étais téléguidée par une télécommande. Quel programme, je pense qu'avec un pitch pareil, aucun film ne ferait la moindre entrée : c'est l'histoire d'une femme qui, chaque soir, se met en pyjama, mange un œuf trop cuit ou un plat surgelé et regarde la télé ! Waouw !

Mais j'ai changé la donne. Plutôt, le départ de Chloé m'a obligée à changer la donne, et a redonné un sens incroyable à ce que j'appelais ma « préretraite de femme officiellement inactive ».

Franchement, je me sens comme une ado depuis le texto reçu, j'ai des milliers d'envies, dont celle de refaire l'amour. Je danse toutes les semaines avec Julien sur des rythmes venus du monde entier, et soudain ma vie m'offre chaque jour une surprise digne de celles qu'on trouvait dans les pochettes chez le boulanger de mon enfance.

Chapitre 22

Alice referme la porte du caviste chez qui elle vient d'acheter une bouteille de vin et s'engage dans l'avenue qui la mène à l'appartement de Julien. Leur complicité s'est nouée au travers des sourires échangés lors des cours de danse, notamment quand Jenny mêle des mots d'anglais et de français, leur donnant des consignes du type « Laisse ton *body* prendre *the power !* ». Il est webdesigner et n'a que trente-cinq ans, mais ils ont sympathisé au fil des semaines et des cours. Un jour où Alice rentrait chez elle avec des rouleaux de papier et des cadres, il l'a aidée à monter ses paquets, s'est intéressé à ce qu'elle faisait, et depuis, ils vont régulièrement prendre un verre après le cours de danse.

Julien vit avec Virgile depuis trois ans, ils sont très amoureux, et lorsqu'il parle de leur relation à Alice, elle envie le mélange de passion et d'harmonie qui semble caractériser leur existence. L'invitation de Julien à dîner chez eux l'a ravie, et tandis qu'elle poursuit sa route d'un pas léger, Alice revoit des images de ses enfants lorsqu'ils se rendaient chez leurs copains pour la première fois ; elle se souvient de leurs visages pleins de fierté et d'excitation et se dit que le sien ne doit pas être bien différent. Elle se sent un peu ridicule, mais chasse vite cette idée pour ne rien laisser ternir sa joie.

Ce n'est pas uniquement le fait d'avoir de nouveaux amis qui rend Alice heureuse ; pour elle, cette soirée symbolise bien davantage. Elle mesure le bonheur d'avoir, pour la première fois depuis sa jeunesse, des amis à elle, à elle seule. Au cours des vingt dernières années, tous les nouveaux amis d'Alice étaient d'abord ceux de Laurent, c'est-à-dire ceux qu'il s'était faits dans le cadre de son travail. Leurs épouses devenaient ses amies par extension, mais elle ne les avait pas choisies, pas plus qu'elles ne l'avaient choisie. D'ailleurs, depuis leur séparation, elles ont toutes mystérieusement disparu. Et il faut bien l'admettre, Alice n'a pas non plus cherché à les contacter. Continuer à se voir alors que leur relation était balisée par les rapports professionnels de leurs époux et qu'elles n'étaient pas intimes aurait forcément induit de la gêne et des non-dits, alors à quoi bon ? Tout de même, un petit mot, un simple message de soutien ou d'affection lui aurait fait du bien à l'époque.

Mais cette fois c'est bien d'elle qu'il s'agit, Alice, cinquante-trois ans. Parmi toutes les personnes qui fréquentent le cours de Jenny, c'est elle dont Julien s'est senti le plus proche, elle à qui il a souhaité présenter l'homme qu'il aime ; et que quelqu'un ait envie de l'avoir pour amie lui fait l'effet d'un joli cadeau, d'autant plus que depuis leur dernière entrevue, Mathilde n'a répondu à aucun de ses messages.

Avec Virgile, le lien se crée aussi naturellement qu'avec Julien. Il est ouvert, chaleureux, et à la fin du repas Alice a l'impression de les connaître tous deux de longue date. Lorsque Virgile la questionne sur sa vie, elle parle de Lucas et de Chloé, puis de Laurent et de leur divorce prochain, mais sans s'attarder sur ce dernier. Depuis la soirée au restaurant italien, elle a passé de longues heures à penser à lui, à la façon dont chacun a évolué, et il lui est vite apparu évident que leur couple était arrivé à un point de non-retour, et que s'ils s'étaient remis ensemble, ça aurait été pour de mauvaises raisons. Pour remédier à sa solitude, pour le confort retrouvé dans la cohabitation avec l'être qu'on connaît le mieux, et parce qu'elle ne s'était tout simplement pas projetée avec un autre homme. Mais la blessure d'amour-propre ressentie lorsqu'il a évoqué sa compagne et sa future paternité est encore vive, et Alice souhaite que cet épisode douloureux se retrouve derrière elle le plus vite possible.

Et puis, maintenant, il y a M. Lampe. Jour après jour, leur relation grandit et se renforce, au rythme des messages quotidiens qu'ils s'écrivent. L'habitude s'est installée dès leur premier échange, Alice ayant trouvé dès le lendemain matin un long SMS de M. Lampe qui lui racontait sa journée, et s'achevait par une anecdote très drôle sur la façon dont il s'était ridiculisé en tentant de glisser une phrase en chinois à son fournisseur. En rentrant de Happy Home, elle en avait fait autant, agrémentant son récit de la description d'une cliente indécise, qui avait passé près de trois heures à remplir un panier qu'elle vidait systématiquement en chemin vers la caisse, afin de choisir d'autres articles qu'elle finissait par remplacer à leur tour, pour finalement se contenter d'acheter une paire de bougies blanches.

Depuis, les journées d'Alice se succèdent au rythme de leurs messages, celui de M. Lampe qu'elle trouve à son réveil, et sa réponse, qu'elle passe une partie de la journée à rédiger dans sa tête.

Il est clair que leur conversation ressemble de plus en plus à une correspondance amoureuse, mais quand Julien souhaite à Alice de rencontrer un homme avec qui elle vivra une belle histoire, elle se garde bien de mentionner M. Lampe. D'abord parce que, selon des critères objectifs, il ne s'est encore rien passé entre eux, ensuite par superstition. Et puis, comment expliquer à ses nouveaux amis qu'elle correspond quotidiennement avec un homme sans qu'ils connaissent leurs prénoms respectifs, et que cela fait désormais partie de ce qui les unit ?

Chère Moi,

Les textos avec Lampe (j'ai enlevé le « monsieur ») confirment mon intérêt pour lui et surtout son intérêt pour moi. Et pourtant, je doute toujours autant. De moi et de lui – on dirait que le doute, ça marche en binôme.

Si j'avais confiance en moi, j'aurais confiance en lui. Ça me semble soudain évident que ce que l'on pense des autres n'est qu'une projection de ce que l'on pense de soi-même.

Et je ne sais pas pourquoi je n'arrive pas à me trouver suffisamment intelligente, belle et jeune pour qu'il s'intéresse vraiment à moi. Alors que ses SMS me prouvent le contraire. C'est donc qu'il y a clairement une dichotomie entre les faits et le ressenti.

Comme s'il y avait à l'entrée de mon cerveau (ou de mon corps ?) un videur de boîte de nuit pas très accueillant qui m'éjectait sans cesse de ma propre soirée. Me trouvant parfois trop vieille, ou mal habillée, ou pas assez spirituelle. Il est aussi injuste que peuvent l'être les videurs de boîte de nuit quand ils décident qu'une personne ne fait pas l'affaire.

Il faut donc que je négocie avec lui avant d'espérer vivre une histoire quelconque avec qui que ce soit.

J'ai téléchargé une application de méditation, je m'en sers quand je sens que je mouline trop, et j'avoue que, parfois, ça marche. Quand je ferme les yeux et que je réussis à ne penser à rien – en général ça ne dure guère plus d'une seconde ! –, eh bien cette seconde-là est pleine de joie, et de confiance.

Il suffit d'allonger la seconde ! Il paraît qu'à force de pratiquer la méditation, cette capacité se renforce, comme les muscles quand on les fait travailler chaque jour. La méditation enlève les poids dans la tête, ou le cœur, et allège la vie. Heureusement que Lampe est encore à l'étranger pour une semaine. Je vais pouvoir mettre tout ça en pratique.

C'est drôle, parce que l'autre soir, quand j'ai dîné chez Julien (je rêve que Lampe cuisine aussi bien que Virgile !), il m'a dit que pendant les cours de danse j'avais l'air d'avoir une grande assurance. Peut-être qu'on devrait se revoir dans un dancing *avec Lampe. Rien qu'à écrire le mot «* dancing *», j'ai l'impression d'avoir cent vingt ans. Non, il n'y a rien à faire, il faut que je m'entraîne quatre, cinq, dix fois par jour à toucher ce point en moi qui ne doute jamais, qui respire et qui ressent la joie.*

C'est dans le corps, pas dans la tête, je dois juste me focaliser sur des petites parties de mon corps, le crâne, les sourcils, l'air qui entre dans mes narines, mes doigts, l'intérieur de mes paumes, et juste sentir. Comme quand on était petits et qu'on dessinait et effaçait à loisir avec une ardoise magique. Voilà, apprendre à mon cerveau à balayer magiquement le videur à l'entrée de ma boîte crânienne !

Chapitre 23

Immeuble cossu, mobilier sombre dans une vaste salle d'attente. À l'invitation de la secrétaire qui l'a accueillie, Alice s'assied, ou plutôt elle pose timidement le bout de ses fesses sur la seule chaise de la pièce. C'est comme ça, les larges canapés et fauteuils en cuir l'ont toujours impressionnée, à croire qu'elle a peur qu'ils ne l'engloutissent, tant par leur confort que par leur froideur. Et aujourd'hui, en venant rencontrer l'avocat qui va se charger de la défendre dans la procédure de divorce initiée par Laurent, elle se sent encore plus *dévorable* qu'en bien d'autres occasions. L'attente est brève, Gilles Morange ne tarde pas à entrer et à lui tendre une main ferme mais chaleureuse. La soixantaine, un mélange de charisme et d'énergie qui inspire confiance et fait penser à Alice qu'elle est tombée sur la bonne personne.

Dans son bureau, il encourage Alice à lui raconter son histoire avec Laurent, de leurs débuts à leur séparation, l'interrompant parfois pour lui demander une précision, et prenant quelques notes sur son ordinateur. Lorsqu'elle a fini de parler, il ouvre un dossier posé sur le côté de son bureau. Sur la tranche, l'étiquette « Duroy contre Duroy » saute aux yeux d'Alice. Curieux comme certains mots tout simples peuvent faire mal.

Maître Morange passe rapidement en revue l'unique document que contient le dossier avant de prendre la parole.

— J'ai reçu ce courrier du confrère qui va représenter votre époux. C'est du classique. De l'archi-classique. Avant même de vous rencontrer, j'ai vu que vous étiez dans le cas de figure des nombreuses femmes qui ont consacré la majeure partie de leur vie à leur famille, se privant d'une carrière qui les aurait rendues indépendantes. Vous êtes au courant que, sous prétexte que M. Duroy envoie de l'argent directement à vos enfants, il souhaite mettre un terme au versement de votre pension alimentaire ?

Alice accuse le coup, mais elle décide de le cacher. De se montrer forte.

— Non, je l'ignorais. Mais je ne suis pas surprise. Il va avoir un autre enfant, donc il a besoin d'argent…

— Et vous trouvez ça normal qu'il assume cette nouvelle paternité avec l'argent qui vous est dû ?

— Non. Mais c'est vrai que nos enfants ont quitté la maison…

— Et vous, vous ne mangez pas ? Vous ne payez pas de loyer ? Vous n'avez pas besoin de vêtements, de chauffage, d'électricité, de toutes ces choses indispensables ?

— Si, bien sûr, mais comme les cinq cents euros qu'il me verse ne me suffisaient pas, j'ai pris un job à temps partiel. Et j'ai démarré une petite activité, ce n'est pas grand-chose, mais ça me rapporte un peu d'argent, et j'espère que ça va se développer.

— Je vous félicite. Mais ça n'a rien à voir, chère madame ! L'argent consacré aux enfants est une chose, celui qui vous est dû à titre de prestation compensatoire en est une autre.

« Prestation compensatoire », des termes qu'Alice a entendus maintes fois, mais ce qu'ils désignent lui est assez vague. Et elle n'imaginait pas qu'ils puissent s'appliquer à son cas.

— L'idée est d'effacer, ou tout du moins de réduire, le déséquilibre financier consécutif au divorce, explique l'avocat. Il peut s'agir du versement d'un capital, ou d'une rente. Vous m'avez bien dit que vous ne possédez pas de biens immobiliers ?

— Exactement, nous avons toujours été locataires.

— Dans ce cas, vous devez toucher une rente calculée en fonction des revenus de votre mari. Qu'il ait un ou dix enfants dans les années à venir n'y change rien. Je suppose que vous vivez dans un appartement plus petit qu'avant ? Que vous sortez moins ? Que de façon générale, qu'il s'agisse de quotidien ou de vacances, vous avez dû réduire votre budget ?

À chaque question posée, Alice se contente d'acquiescer. Elle a soudain honte, honte de ce déclassement subi, honte de cette vie rétrécie. Et devant son avocat, cette honte prend toute la place, balayant le chagrin que lui a causé sa rupture, et l'humiliation qu'elle éprouve en imaginant Laurent avec une femme jeune et fertile.

— Voilà exactement pourquoi la prestation compensatoire existe, poursuit maître Morange. J'insiste sur le terme « compensatoire », car c'est une somme qui compense mais ne remplace rien. Quel qu'en soit le montant, la plupart des femmes vivent dans des conditions bien différentes de celles qu'elles ont connues durant les années où elles étaient mariées. Et avec les cinq cents euros que vous perceviez jusqu'à présent, c'est évidemment votre cas, sinon je doute que vous auriez eu besoin de prendre le job que vous avez mentionné. D'ailleurs, qui a fixé cette somme ?

— C'est lui.

— De quel droit ? Vous en avez parlé ensemble, ou c'est lui qui vous l'a imposée ?

— C'est lui qui a décidé, il a fait le calcul de ce qu'il nous verserait, à moi et aux enfants, quand il a quitté la maison. Je ne sais pas sur quels critères il s'est fondé.

— Et vous avez accepté sans discuter.

Alice baisse les yeux.

— N'ayez crainte, reprend son avocat, je ne vous juge pas, je parle par expérience. Rares sont les femmes qui refusent de se contenter de ce que leur époux leur octroie. Souvent, le simple fait qu'il leur verse quelque chose leur semble être une bénédiction, un cadeau ! Cela peut se comprendre du point de vue de toutes celles qui ne perçoivent pas un euro, mais si l'on se place du côté de la loi, de la morale, ou simplement du bon sens, il ne s'agit pas d'un cadeau mais d'un dû. Donc, dans votre cas, nous examinerons la somme qui doit vous revenir une fois que j'aurai tous les éléments me permettant de déterminer ses revenus, et, si la somme de cinq cents euros se révèle insuffisante, nous demanderons davantage.

— Mais je ne veux pas la guerre ! D'ailleurs, je vous ai dit que j'étais d'accord pour un divorce par consentement mutuel.

— Il n'y a aucune raison que ce soit la guerre. Mais vous m'avez engagé pour défendre vos droits, et c'est ce que je vais faire. Ni plus ni moins. Par ailleurs, même en cas de consentement mutuel, il faut que la convention qui vous lie soit homologuée par un juge, et les juges aussi sont là pour veiller à ce que personne ne soit lésé.

— Vous avez raison. Mais j'aimerais bien ne pas dépendre de Laurent éternellement. Si mon activité marche, je crois que je souhaiterais lui proposer d'arrêter de me verser la prestation.

— J'ai un principe : « Tant qu'on ne t'a rien demandé, ne propose pas. » *Si* vous gagnez confortablement votre vie dans les prochaines années, et *si* M. Duroy en fait la demande, alors nous examinerons la possibilité de renoncer à votre prestation compensatoire.

— D'accord.

Être forte. Forte.

— Vous avez des questions ?

— Une seule, répond Alice. Vous n'êtes jamais du côté des hommes ?

— Parfois, répond-il sur un ton plus doux. Mais j'avoue que c'est rare. Depuis que je fais du droit de la famille, j'ai vu tellement de situations où les femmes sont maltraitées… Des femmes formidables qui ont donné tout leur temps, leur amour, leur énergie à des hommes qui les congédient comme de vulgaires employées quand ils n'ont plus besoin de leurs services, ou quand ils ont trouvé une employée aussi performante mais plus jeune… Mes mots vous choquent peut-être, mais j'ai été élevé par une mère exceptionnelle qui s'est bagarrée toute seule, et à qui la vie n'a pas donné grand-chose. Ça m'a rendu féministe avant l'heure...

— Vous ne me choquez pas, je comprends ce que vous dites. Mais étant l'une d'elles, je vous assure que toutes ces femmes qui ont donné sans compter l'ont fait de façon désintéressée, sans goût du sacrifice. Pour elles, c'était la seule possibilité, une évidence. C'était leur choix.

— C'est vrai, et la moindre des choses, c'est de faire en sorte qu'elles reçoivent à leur tour un peu de ce qu'elles méritent. Et s'il n'y a plus d'homme pour les gâter, alors il faut qu'elles aient les moyens de se gâter elles-mêmes, ou tout au moins, de vivre décemment. Ce n'est pas par hasard que j'ai utilisé le mot « employée ». Pour certaines, être mère et épouse était un vrai travail, à plein temps, week-ends et jours fériés compris, mais sans salaire, sans avantages sociaux, et sans retraite.

Le regard d'Alice se perd dans les étagères remplies d'épais volumes de droit. N'avait-elle pas calculé à combien équivaudrait une rémunération pour la décennie passée à préparer le goûter de ses enfants ? Et le reste, alors ? A-t-elle été un genre d'employée, exclusivement au service de la famille fondée avec Laurent ? Soudain, les images s'accumulent : combien d'heures passées au supermarché, combien de temps en cuisine, combien de tonnes de légumes épluchés en trente ans ? Les achats pour les enfants, pour Laurent aussi, chercher le costume qui lui irait le mieux, les chaussures les plus confortables... La cohue des grands magasins, les fameux premiers samedis des soldes, des samedis d'enfer mais qu'elle n'avait pas le luxe de snober, combien en a-t-elle vécu, et quelle était la part de budget qui lui restait, une fois les autres servis ? Les soirées à repasser devant la télé pour faire semblant de se distraire, recoudre un ourlet ou des boutons sous son abat-jour. L'éternel recommencement des cycles scolaires, la rentrée des classes, les livres à recouvrir, les réunions parents-professeurs, les devoirs du soir et des dimanches pluvieux, les mercredis marathons pour accompagner Lucas et Chloé à leurs activités, chez le pédiatre ou le dentiste, le casse-tête des vacances et des longues journées à occuper… Et Laurent dans tout ça ? Il rentrait, mettait les pieds sous la table, passait cinq minutes avec ses enfants, écoutait distraitement Alice lui raconter sa journée de maman, puis il lui racontait la sienne, tellement plus intéressante. Il évoquait ses soucis de boulot, elle le réconfortait, l'encourageait, le valorisait. Elle avait confiance pour deux, ne doutait jamais de son succès lorsqu'il évoquait son inquiétude face à des tâches qu'il pensait difficiles à réaliser. Elle buvait ses paroles, admirative de ses responsabilités, fière du chef de famille qu'il était. Après tout, elle n'avait pas grand-chose à lui reprocher, tout ça, c'était normal, c'était leur vie…

Alice fond en larmes. Gilles Morange lui sourit et pose gentiment sa main sur la sienne.

— Ça fait du bien, non ? Prenez votre temps, si vous voulez rester un moment, je peux vous laisser mon bureau. En tout cas, ne vous inquiétez pas, je suis là.

Alice renifle et lui sourit. Même si c'est un homme, même si une fois encore Alice se voit s'appuyer sur l'un d'eux, les propos et le calme de Gilles Morange lui font un bien fou, alors où est le mal ? Dire adieu à un homme, ce n'est pas tourner le dos à toute la gent masculine, et il fait bon s'appuyer sur ceux qui vous tendent la main. Celui-ci se battra pour elle, et Alice se dit qu'avec ses larmes s'envolent ses derniers regrets.

Chère Moi,

Quelle journée ! Chaque fois que je pense avoir fait des progrès sur le chemin de ma propre valeur, je me rends compte de l'énormité de tout ce qu'il reste à parcourir. Et le « hasard », toujours lui, celui que je nomme « mon ange gardien », m'a envoyé le plus gentil avocat de la terre. C'est Lydia, encore elle, qui me l'a conseillé. Tout comme elle l'a fait il y a quelques semaines, il a redonné de la valeur à mon passé, à ce que je suis. Il m'a réconciliée avec l'idée que l'amour et le soin désintéressé que j'ai prodigués à ma famille pendant toutes ces années VALENT quelque chose, au sens aussi bien financier que moral.

Maintenant, je sais qu'il y a aussi beaucoup de mères qui ne s'acquittent pas de leurs tâches comme je l'ai fait. Pourtant, elles sont tout autant mères que moi, j'ai pu m'en rendre compte en vidant les chambres de leurs enfants.

J'ai l'impression qu'il y a comme une femme sado-maso à l'intérieur des mères, et cette folle prend plaisir à se faire maltraiter, ou en tout cas à ne jamais exiger que soit reconnue la valeur des gestes simples du quotidien. Pourtant, ils sont l'expression de ce qu'elle est au plus profond d'elle-même. Et puis, il est tellement gratifiant de se dire qu'on donne tout ça pour rien ! Ça me fait penser à l'expression américaine que je viens d'apprendre par Jenny : « There is no free meal. *» « Il n'y a pas de repas gratuit. » Chaque fois que l'on croit que le repas est gratuit, en fait on le paie quelque part ailleurs, sans s'en rendre compte.*

Pourquoi les petites filles ne sont-elles pas éduquées de façon à prendre conscience de leur valeur ? Ma génération est-elle la dernière à vivre cela ? Chloé n'est pas comme ça. Chaque fois qu'elle cuisine un dîner chez quelqu'un, elle sait se faire rémunérer, et elle accomplit son rêve sans se poser de questions sur sa véritable valeur. Alors, peut-être suis-je le dernier spécimen d'une espèce que j'espère en voie de disparition : Femina devalorosa.

Chapitre 24

Coup de sonnette, quelques secondes d'attente. Alice a désormais l'habitude de ces visites, mais le moment où la porte s'ouvre sur une femme inconnue, son intérieur, son histoire… une vie en somme, reste unique. À qui aura-t-elle affaire cette fois ? La page Instagram créée par Chloé renvoie à une adresse mail lui permettant de communiquer sans perdre de temps en conversations téléphoniques, la rencontre constitue donc la première prise de contact tangible avec ses clientes, et chacune comprend sa part de surprise.

Tout au long du trajet qui l'a menée à cette adresse, Alice n'a pu détacher son esprit de la femme avec qui elle a passé la journée de la veille. Une mère de quatre enfants prénommée Muriel, une de celles qu'elle place dans la catégorie « Madame Parfaite ». Le genre de maman qui s'est portée volontaire pour accompagner chaque sortie scolaire, emportait toujours dans son sac des mouchoirs et des goûters pour ceux qui n'en avaient pas, et commençait à écrire à ses enfants avant même qu'ils partent en classe verte pour être sûre qu'une lettre les attendrait déjà à leur arrivée. Au collège puis au lycée, elle faisait partie des parents délégués, et jusqu'au bac elle s'est investie dans chaque examen de ses enfants comme si c'était elle qui le passait. Perfectionniste, tâchant de tout anticiper, elle a un côté psychorigide qui pourrait être franchement agaçant, mais Alice est assez lucide pour savoir qu'elle a elle-même appartenu à cette catégorie, et le regard qu'elle porte sur ces mères est plein d'empathie. Comme elle, Muriel s'est trouvée totalement démunie en réalisant que ses enfants n'avaient plus besoin d'elle. Elle est toujours mariée, mais son époux est très indépendant, il ne l'a jamais laissée s'impliquer dans sa carrière, et c'est un grand sportif qui passe la majeure partie de son temps libre à son club de gym. Muriel a beau être en couple, elle se sent profondément seule, et une fois la chambre de ses jumeaux débarrassée, Alice a passé une heure à la convaincre que non, sa vie n'était pas fichue, et qu'il n'appartenait qu'à elle de lui donner un nouvel essor.

Aucune visite n'est simple, puisque la plupart des femmes qui sollicitent Alice peinent à faire le deuil des années où la maternité a occupé l'essentiel de leur vie, mais en son for intérieur elle espère que la maman avec qui elle a rendez-vous ne sera pas une autre « Madame Parfaite ».

Des pas dans le couloir, la voilà. La porte s'ouvre, laissant apparaître… un papa.

Alice a un petit choc. Ça ne s'était jamais produit, et elle ne comprend pas comment elle a pu passer à côté de l'information.

— Dominique, dit-il en lui tendant la main. Entrez !

Évidemment, un prénom mixte ! Et elle n'a pas imaginé une seconde qu'il pourrait s'agir d'un homme.

Mais avec lui comme avec toutes ses clientes, les choses se mettent facilement en place, et comme souvent la visite commence par un café pris ensemble, un temps nécessaire pour faire connaissance, et permettre à Alice d'écouter l'histoire de la famille qui occupe les lieux.

Dominique a élevé seul sa fille depuis leur arrivée à Paris. Auparavant, il vivait avec sa compagne à Poitiers ; leur relation était tendue, conflictuelle, et lorsqu'une mutation l'a conduit à quitter la ville, la décision de se séparer est apparue comme une évidence. Aussitôt suivie d'une seconde : c'était avec lui que leur fille vivrait. L'idée n'est pas venue de Dominique, mais de sa compagne, consciente qu'elle n'était pas en mesure d'assumer en solo un enfant de quatre ans.

Lui n'a pas hésité, embrassant sa fonction de parent unique à bras-le-corps, faisant passer sa petite Noémie avant tout le reste, quitte à mettre de nombreuses années à se sentir disponible pour reprendre une vie de couple. Commerçant, il a choisi de travailler le samedi et de prendre son jour de congé le mercredi – dans un cas comme dans l'autre, il fallait une nounou pour le remplacer, mais être présent le mercredi lui permettait d'aider sa fille à faire ses devoirs, de l'accompagner aux éventuels rendez-vous chez le pédiatre, et aux cours de danse qu'elle suivait avec passion. « J'étais le seul papa du vestiaire », résume-t-il en souriant.

Aujourd'hui, Noémie est étudiante, et lors de la dernière rentrée elle a emménagé avec son petit ami, qui loue un studio à cinq minutes de leur université. Dominique la voit souvent, ils s'entendent à merveille, mais la douce équipe qu'ils ont formée durant plus de quinze ans lui manque terriblement.

C'est peut-être avec lui que le fil rouge qui va inspirer le collage d'Alice apparaît le plus vite, car Dominique a conservé minutieusement tout ce qui a marqué une « première fois » pour Noémie : sa première place de cinéma, son premier cahier de poésie, son premier tutu de danse, le premier ticket de métro qu'ils ont pris ensemble en arrivant à Paris. Et tant d'autres objets... Pour lui, chaque souvenir est sacré. Mais le départ de sa fille donne aussi à Dominique l'opportunité de déménager à son tour et de se rapprocher de son travail, alors que jusqu'à présent il n'avait jamais envisagé de quitter son quartier, car Noémie craignait de perdre ses amis en changeant d'établissement scolaire.

Vider sa chambre est un long travail, mais Alice a rarement trouvé cette étape si peu fastidieuse, tant elle prend de plaisir à écouter les anecdotes de Dominique. Elles sont tendres, pleines de poésie, et les mots de ce père, le regard qu'il porte sur sa fille diffèrent de ceux des mères qu'elle a rencontrées. Par moments, par bribes, ses réflexions lui rappellent celles de Laurent, et alors que penser à lui était si pénible ces derniers temps, elle songe à l'amour qu'il porte à leurs enfants, et cette idée fait taire la rancœur qui l'oppressait.

Alice devine que Dominique est trop fier pour souhaiter qu'elle le console, mais elle sait maintenant que régulièrement, en lieu et place d'une mère désespérée, elle se retrouvera face à un homme au cœur brisé, et rien ne lui semble plus naturel.

De retour chez elle, tandis qu'elle achève de composer les lettres du prénom « Noémie » avec les rubans d'une des paires de chaussons de danse accumulées chez Dominique, elle pense à M. Lampe et se demande quel genre de père il est. Il a probablement été peu disponible, à en juger par les longs voyages qui lui semblent coutumiers, et ses enfants ont peut-être été habitués aux fins de journée à l'ombre d'un papa grognon et impatient, tel qu'il s'est montré le jour où ils se sont rencontrés à Happy Home ; mais sa façon de parler d'eux avec tendresse et fierté laisse surtout deviner un papa gâteau. Son fils et sa fille vivent chez leur mère, la séparation a donc déjà eu lieu, et Alice se réjouit pour lui qu'il ait passé ce cap.

La nuit dernière, elle a rêvé de lui ; il ressemblait furieusement à Tarzan, et elle se dit que la cohabitation entre son ancienne vie de maman sage et la nouvelle nourrie de rêves de femme libre est de plus en plus décalée.

Ayant enchaîné les heures passées chez Dominique et la confection de son collage, elle a eu peu de temps pour réfléchir au SMS qu'elle allait lui adresser, mais les émotions de la journée la rendent très sentimentale et lui donnent envie de passer à la vitesse supérieure. Plutôt que de lui résumer les dernières vingt-quatre heures, elle rédige un message court, le plus court qu'elle lui ait jamais écrit :

« Vous me manquez. Vous rentrez bientôt ? »

Non, lui dit Fourcha, tu ne peux pas envoyer ça !

Je crois que si, lui répond Alice.

Après tout, elle n'a rien à perdre.

Chère Moi,

J'ai bien fait d'envoyer un texto aussi simple et efficace. En fait, je me suis inspirée de Julien. Il m'a fait comprendre que lorsqu'un message est simple, il ne risque pas d'être mal interprété. M. Lampe a également été très direct. (Eh oui, il est redevenu « monsieur », « Lampe » tout seul faisait trop bizarre ! De toute façon, je n'en peux plus de l'appeler comme ça, je veux connaître son prénom !)

On dirait que je lui manque aussi, et comme moi, il semble étonné que nos messages soient si simples et fluides. Ce temps entre nous deux nous a laissés nous apprivoiser sans crainte ni honte. J'ai l'impression que les kilomètres qui nous séparent me permettent de rester maîtresse de mes émotions, en retrait par rapport à celles que ce début de relation devrait m'inspirer, et c'est très bien comme ça, car s'il était là, ce serait dur d'appuyer sur les boutons « stop » ou même « pause ». Voilà, le voyage de M. Lampe est le bouton « pause » sur nos cœurs qui semblent enfin s'autoriser à s'emballer.

En tout cas, pour moi, c'est gagnant-gagnant, car je me suis habituée à sa présence dans ma vie, mais comme il est physiquement absent, je ne perds pas la tête et je reste présente à moi-même... Je me comprends !

C'est drôle, l'autre jour j'ai lu qu'il n'y avait que deux temps : le présent et l'absent. J'aime bien cette idée, elle fonctionne bien pour moi qui suis toujours bêtement emberlificotée entre le passé et le futur.

Alors disons qu'avec Lampe (ça recommence, j'arrête le « monsieur » mais c'est seulement par flemme !) je reste présente à son absence.

Vais-je savoir refaire l'amour ? Les gens racontent que c'est comme le vélo. Pour moi ce serait plutôt le minivélo, quand on enlève les deux petites roues... Je me souviens du jour où mon père a retiré les roues.

J'avais vraiment peur. Mais la sensation de vitesse de ce grand vélo ! Le vent dans les cheveux, voilà à quoi me fait penser ce moment-là. Je vais ancrer mon envie de revoir Lampe dans ce délicieux sentiment de vent dans les cheveux longs de mon enfance. C'est à moi de décider d'associer mon envie de le revoir au vent de liberté soufflant dans mes cheveux, et de laisser derrière moi ma peur. Choisir le papillon, qui a les cheveux au vent, plutôt que l'escargot qui a les pieds en dedans. Immédiatement, le souvenir de cette sensation balaie ma peur d'être confrontée au rejet ou à l'abandon.

Se concentrer sur ce qu'on veut vivre. Pas sur ce qui nous fait peur. Et si c'était ça, le grand secret ?

L'autre énorme surprise du jour, c'est Dominique. Avec les SMS, les mails ou Instagram, on ne parle plus aux gens, à leur voix en tout cas. Quand Dominique a ouvert la porte, je me suis rendu compte de mon préjugé, encore une fois ! Je n'avais JAMAIS envisagé qu'un homme puisse faire appel à moi. Presque comme si je pensais que seules les mères souffrent du départ de leurs enfants, ce qui signifierait en creux qu'elles seules ont su les aimer.

Eh non ! J'ai trouvé dans le rapport de Dominique à sa fille une pudeur que je n'avais jamais ressentie avant avec les mamans. Au contraire, elles parlent d'elles et de leurs filles comme d'une entité soudain coupée en deux. Et puis, elles mettent souvent en valeur cette relation comme si cela leur donnait une sorte de Légion d'honneur de la famille. De leur point de vue, elles ont été des bonnes mères, et si elles n'ont pas voulu débarrasser la chambre, c'est souvent parce qu'elles craignent de ne plus savoir où situer géographiquement la preuve de tout cet amour. D'ailleurs, où va l'amour quand il s'en va ?

Dominique n'a pas besoin d'expliquer sa paternité. Il explique sa nouvelle vie, il est déjà dans le présent. Voire dans le futur. Et il ne doute en rien du maintien de sa belle relation avec sa fille dans les années à venir. Mais il trouve intéressante la démarche de ne pas jeter le bébé avec l'eau du bain, m'a-t-il dit en rigolant, pour justifier le fait d'avoir recours à moi. Beaucoup d'humour, cet homme-là. Et visiblement, il en a mis une sacrée dose dans l'éducation qu'il a donnée à sa fille.

Il m'a dit qu'il savait depuis toujours qu'il ne serait jamais à la hauteur d'une bonne mère, et du coup ça l'a décomplexé dans ses rapports avec sa fille. Il lui disait tout le temps : « Ça aurait sûrement été mieux avec une maman, mais là, c'est la version papa. »

En parlant avec lui, je me suis rendu compte que notre chemin de mère – presque un chemin de croix – est semé d'embûches qui sont toutes les comparaisons avec les autres mères et aussi les autres générations, celles qui faisaient des gâteaux, qui se consacraient entièrement à leur famille, l'image parfaite de la (secrètement desperate*)* housewife *à l'américaine des années cinquante, qui ne s'offusquait pas qu'on lui offre un lave-vaisselle pour la fête des Mères, tant ça lui changeait la vie ! Dominique n'avait pas de route toute tracée. Les papas célibataires étaient encore rares quand il a obtenu la garde de sa fille, et cette route neuve, même si elle lui a fait un peu peur, lui a permis une plus grande liberté, « à l'instinct ».*

D'ailleurs, on ne parle jamais d'« instinct paternel », mais Dominique est la preuve vivante que non seulement il existe, mais qu'il est tout aussi fondamental que l'instinct maternel.

Aujourd'hui, c'est mon instinct de femme qui me sert plus qu'autre chose quand je réalise des collages ou que je crée. Cet instinct qui me fait dire que bientôt le vent va voler dans mes cheveux, qui s'emmêleront à l'abat-jour de Lampe...

Chapitre 25

Appuyée à la rambarde de la bouche de métro, Alice attend.

Plus moyen de faire marche arrière : le mélange de stress et d'excitation précédant un rendez-vous amoureux est là ; il lui noue le ventre, accélère son pouls, assèche sa gorge. Bientôt un mois qu'elle n'a pas vu M. Lampe, et même s'ils ont correspondu quotidiennement et que dans ses derniers messages il a évoqué son impatience à la revoir sur un ton de plus en plus tendre, Alice ne l'a vu que trois fois, et d'une certaine manière, il demeure pour elle un étranger. Elle tente de se rassurer, se répète combien leurs rapports ont facilement évolué vers un échange fluide, spontané et plein de fantaisie, mais après ces semaines de rapprochement à distance et le fantasme qui en est né, leur relation lui semble fragile et incertaine.

Étouffant les autres sentiments, la peur prend toute la place.

Peur de le décevoir mais aussi d'être déçue, peur que la magie qui s'est créée durant leur éloignement ne retombe comme un soufflé. Ou au contraire, peur que ça ne démarre trop vite, peur de leur premier baiser, peur de ce qu'il pensera de son corps qui a perdu sa fermeté, de sa peau qui plisse au moindre contact. Peur de la première fois qu'ils feront l'amour, peur de la première fois où ils se réveilleront dans le même lit. Devant cette avalanche de premières fois, elle songe aux reliques conservées par Dominique. Est-ce qu'un jour tous ces moments qu'elle redoute tant viendront se ranger parmi les souvenirs précieux, ceux auxquels on pense avec nostalgie et qu'on paierait cher pour revivre ?

Alice regarde autour d'elle. En ce début de soirée de printemps, le va-et-vient est incessant sur la place de la République ; plusieurs personnes semblent également attendre quelqu'un non loin, et elle se demande soudain s'il est possible que M. Lampe soit à quelques mètres d'elle et qu'ils ne se reconnaissent pas. L'un après l'autre, elle examine les hommes seuls qui piétinent… Non, pas un qui lui ressemble.

20 h 10, c'est pourtant lui qui a fixé l'horaire ; elle regarde son téléphone, pas de message… Après tout, peut-être que les retards sont une habitude chez lui ; jusqu'à présent, il est toujours venu la surprendre à la boutique, aussi n'a-t-elle aucun moyen de savoir s'il est ponctuel…

Une silhouette arrivant au pas de course lui fait tourner la tête. C'est lui. Bien sûr, elle l'a immédiatement reconnu et s'amuse d'avoir craint de le confondre avec un autre. Il s'excuse, explique qu'il a été retenu par un client au téléphone et n'a donc pas pu la prévenir de son retard. Lui aussi semble un peu différent, moins à l'aise que les fois précédentes, mais l'appréhension des retrouvailles disparaît en quelques minutes, et tandis qu'ils se promènent le long du canal

Saint-Martin, leur bavardage est aussi gai et naturel que s'ils s'étaient quittés la veille.

Un peu plus tard, alors qu'ils sont attablés à une terrasse, M. Lampe la regarde avec le sourire gourmand d'un enfant sur le point de percer un secret.

— Je ne sais pas ce que vous en penserez, mais je crois qu'au stade où nous en sommes, ce serait bien qu'on se dévoile nos prénoms. J'ai vraiment aimé la touche de mystère que cet anonymat a glissé dans notre relation, mais ça finit par être… bizarre.

— C'est vrai. Pour être honnête, ça fait un moment que la curiosité a commencé à me titiller. Alors, on y va ?

— On y va.

— Ça va nous faire un choc, s'amuse Alice.

— En effet ! Je propose de garder le vouvoiement pour le moment, histoire de ne pas être complètement déstabilisés.

— Tout à fait d'accord ! Se dire « tu » d'un coup, ce serait… presque obscène !

Tous deux éclatent de rire, se regardent, attendent… Mais personne ne prend la parole.

— On pourrait choisir qui commence, suggère Alice, sinon on va parler en même temps et on ne va rien comprendre…

— J'ai une idée, faisons un petit jeu – un dernier ! Chacun livre le prénom qu'il imagine pour l'autre. Vous vous êtes posé la question à mon sujet, non ? Moi oui. Ce serait génial de tomber juste, n'est-ce pas ?

— D'accord ! On a droit à combien d'essais ?

— Un seul.

Tous deux commencent à passer en revue tous les prénoms qui ont traversé leur esprit. Chacun observe l'autre à la dérobée, rejetant au passage les options qui semblent peu pertinentes maintenant qu'ils sont face à face. Alice réfléchit. Vincent est tentant, en revanche Daniel, Fabrice ou Yvan, c'est *niet*. Et dire qu'elle avait pensé à Léon, sans doute une lubie de Fourcha ! Comment s'appellent les princes charmants dans les contes de fées ? Aucune idée, c'est bien la peine d'avoir regardé quatre cent soixante-trois fois *Blanche-Neige* et sept cent quarante-deux fois *Cendrillon*. Même dans *La Belle et la Bête*, c'est « la Bête », ils ne se sont pas foulés chez Disney ! Dommage, ça l'aurait bien dépannée. À croire qu'ils n'ont pas d'identité, juste une fonction. Ils sont « le prince » et puis c'est tout. Remarque, ce n'est pas mieux côté demoiselles : s'appeler Belle, ça ne doit pas être facile tous les jours. Et entre celle qui finit avec la Bête, la Belle et le Clochard et la Belle au bois dormant, elles sont plusieurs sur le coup ; aucune origin…

— Pauline.

La voix de M. Lampe la tire de sa rêverie.

— Pauline, répète-t-il doucement, ça vous irait bien.

— Ah… J'aime beaucoup, mais ce n'est pas mon prénom.

— Perdu. Et pour moi, vous pensez à quoi ?

— Lam… bert. Voilà, Lambert.

— Eh bien non, perdu aussi. Il faut avouer que les chances étaient faibles. Alors, qui commence ?

— On va se les écrire, décide Alice. Comme ça, on les découvrira en même temps.

— Très bonne idée.

Alice sort un bloc-notes de son sac, en détache une feuille qu'elle tend à M. Lampe, et une autre où elle écrit son prénom. Chacun plie le morceau de papier en deux et le passe à l'autre. Sans qu'ils puissent vraiment l'expliquer, aucun des deux ne le déplie, et l'atmosphère devient soudain solennelle.

Ils attendent un instant, comme intimidés, puis se décident à lire le prénom inscrit. Quelques secondes de silence suivent, comme s'ils se donnaient le temps de l'apprivoiser.

— François, dit-elle enfin. Je n'y avais pas pensé…

De son côté, il continue à fixer la feuille, puis relève la tête et lui adresse un large sourire.

— Alice. Comme dans *Alice au pays des merveilles*. Ça a toujours été un de mes livres préférés, plein de surprises et de fantaisie. C'est parfait.

Le reste de la soirée ressemble à un rêve ; se confier quelque chose d'aussi banal que leurs prénoms respectifs leur a fait l'effet d'un cadeau, qui leur offre une intimité décuplée. Pourtant, une fois en bas de chez Alice, le malaise du début de la soirée revient. Un simple geste suffirait, mais François semble hésiter. Pourtant, la façon dont il regarde Alice en dit long. Est-il possible que, comme elle, il manque de confiance en lui ? Que pour lui aussi, les premières fois soient compliquées ? Alice aimerait l'encourager, mais son propre trac la paralyse. Enfin, il se jette à l'eau.

— Il faut que vous sachiez que je suis prêt pour quelque chose de grand avec vous. Ça peut être une grande amitié, ou une grande histoire d'amour, mais entre les deux, je ne saurai pas faire.

Devant cet aveu, toutes les peurs d'Alice s'évanouissent. Sans réfléchir, elle s'approche de lui et l'embrasse sur la bouche. Un long baiser qui réveille toutes les cellules endormies de son corps.

— Je crois que c'est foutu pour l'amitié, conclut-elle.

Chère, chère, très chère Moi,

Alors là, je ne sais plus du tout du tout qui je suis, mais j'aime beaucoup beaucoup cette nouvelle personne. Je ris encore en pensant à tous les stratagèmes d'évitement que j'avais mis en place dans ma tête ! Les différents scénarios au cas où il voudrait monter et que je ne voudrais pas ; au cas où il voudrait m'embrasser et que je ne voudrais pas. Tout ça pour finir par lui sauter littéralement dessus ! Non mais vraiment, Cicciolina, sors de ce corps !

Je tourne autour du pot, mais ce que j'ai à écrire tient en une ligne :

J'ai passé la nuit avec François.

Au début, nous étions allongés l'un en face de l'autre, comme deux ados émerveillés et fragiles, et c'est le mouvement de nos souffles qui s'occupait de tout. Il n'y avait pas d'appréhension, je sentais son désir, mais il était vraiment comme un gourmet qui veut profiter du moment. Et puis il s'est approché de moi, et je l'ai accueilli, c'était une balade si douce et forte entre nos deux désirs... Je crois que je n'avais jamais fait l'amour dans une telle douceur. Et une telle intensité. Je me relirai dans quelque temps et je me trouverai sûrement incohérente. Les mots ne sont pas faits pour se succéder, mais pour s'apprivoiser, comme les corps, et avec François, j'ai senti que nous étions deux mots dans la même phrase.

François. C'est classique. Comme j'aime ce prénom. Il lui ressemble, et on dirait qu'il a appris la carte de mon territoire mieux que moi. C'est comme s'il sentait mes contours, alors qu'à mes yeux mes nouvelles limites sont encore floues.

Pas pour lui. Il avance toujours au bon endroit, et il a cette attention particulière qui le met à sa juste place au bord de moi, comme s'il sentait mes ondes. Et qui m'incite à lui donner plus qu'il ne demande. Un peu comme la première fois où il m'a proposé de dîner et que j'ai dit oui pour le soir même. Sans même avoir fait un geste pour m'embrasser, il a obtenu ce baiser que je sentais si juste.

Avec lui, rien ne part de ma peur, tout part de mon cœur. Ça change tout.

Cet homme a le pouvoir d'émietter ma peur, jusqu'à la rendre fluide, liquide, et donc dépourvue de sa négativité. J'ai peur, mais comme je reste moi, notamment grâce à mon ancre-main, je voyage sereinement dans les terres inconnues que me fait découvrir mon futur compagnon. Bien sûr, si quelqu'un me lisait, il penserait que je m'emballe comme une midinette après un premier baiser. Mais l'ombre de ce « quelqu'un » invisible ne m'impressionne pas, car je suis sereine.

François prend le temps mais il le donne aussi, quelle intense expérience que de partager le temps avec un autre sur le même rythme.

Il m'a révélé beaucoup de lui au fil du temps, et je pense qu'il a un véritable don d'écoute. Pas à la manière de ceux qui vous écoutent juste pour faire résonner leur propre histoire avec la vôtre (n'est-ce pas, Mathilde ?!). Non, il a une écoute active, et se sentir écoutée par lui, c'est comme atterrir après un long voyage. Bizarrement, j'ai toujours eu la sensation d'être mal écoutée par Laurent, il fallait sans arrêt que je me batte contre le temps qu'il n'avait pas vraiment pour ça, un peu comme mon père quand il rentrait du travail. Je voyais ma mère mettre en place d'énormes stratégies pour attirer son attention, « faire son intéressante ».

Voilà, avec François (quelle joie de le débarrasser de la lampe qui éclairait son anonymat !), je n'ai pas besoin d'attirer son attention, elle est là, comme acquise, car son intention est claire.

François non plus ne cherche pas à attirer l'attention, mais sa présence suffit à me donner un cadre si sécurisant que j'ai, pour la première fois de ma vie, la sensation d'être vraiment moi-même avec un homme. Et pourtant, j'ai tellement changé que cette nouvelle Alice pourrait m'être étrangère.

J'ai longtemps cru que je n'avais plus envie de faire l'amour. Mais ce baiser... Comme un appel directement relié à mon utérus, une caisse de résonance incroyable, la philharmonie de mes organes. Ce que j'ai vécu dans ses bras était comme un concert d'émotions, donné pourtant dans un calme olympien, un peu comme en méditation. Je crois que ça lui a fait le même effet, à tel point qu'après il m'a dit qu'il voulait savourer cet incroyable moment lui aussi. Cet homme m'apprend le temps présent, et sa compagnie, au-delà des mots, des baisers et des gestes, est si rassurante que les silences n'en sont même plus gênants.

Je crois que c'est ça, le genre de relation que je cherche aujourd'hui. Une qualité d'attention et de silence, comme dans ces moments magiques que l'on peut vivre en mer, quand on rentre au port.

Il est la pleine mer et le port en même temps.

Je l'aime déjà beaucoup, et moi, un peu plus. Ce soir, j'écris en majuscules :

MERCI.

Je n'ai pas envie d'en écrire plus. Parfois le silence est le plus bel hommage.

Chapitre 26

Des coups de marteau, des voix d'hommes qui s'interpellent, des bruits de pas qui résonnent dans les pièces vides… Alice n'avait jamais été sur un chantier de cette ampleur, et, fascinée, elle boit les paroles de Lætitia Lombardi en s'efforçant de décrypter les termes techniques que celle-ci emploie pour lui expliquer les travaux en cours.

Trois jours plus tôt, en recevant le coup de fil de l'architecte d'intérieur, elle a eu du mal à en croire ses oreilles. Au début, en apprenant qu'elle lui était adressée par Lydia, Alice a pensé qu'il s'agissait d'une maman désirant un simple rendez-vous avec elle. Mais Lætitia Lombardi n'est pas une cliente comme les autres. Cela fait des semaines qu'elle se demande ce qu'elle va accrocher aux murs des chambres de l'hôtel dont on lui a confié la décoration, et jusqu'à présent aucune de ses idées ne l'a convaincue. Gravures, photos, reproductions, lithographies… tout lui semble vu et revu. En découvrant le tableau d'Alice dans l'entrée de l'institut de beauté, elle a eu une révélation. C'est quelque chose dans cet esprit qu'il lui faut, et elle a demandé à Alice de lui proposer différents collages pouvant être déclinés de façon à constituer une cinquantaine d'œuvres originales.

Lætitia s'interrompt pour répondre au téléphone, encourageant Alice à poursuivre la visite sans elle durant quelques minutes. Restée seule, celle-ci continue à déambuler dans les chambres, s'imprégnant des couleurs et de l'ambiance de l'ensemble, mais à chaque fois qu'elle croise des ouvriers, elle se retient de s'excuser et a du mal à se convaincre que sa présence sur les lieux n'est pas illégitime.

— Je vous envoie toutes les maquettes par mail, résume Lætitia à Alice lorsqu'elles se séparent. Idéalement, il faudrait qu'on se revoie dans une quinzaine de jours, ça vous laisse le temps de préparer des propositions, non ? Je n'ai pas besoin que vous réalisiez les collages, vous pouvez bricoler une simulation sur tablette si vous voulez, ça suffira pour que je me fasse une idée.

Alice marmonne quelques mots signifiant son accord, se force à sourire et repart, la boule au ventre. Dès qu'elle a tourné au coin de la rue, elle appelle Chloé, qui, informée du rendez-vous, en attendait l'issue avec impatience.

Comme l'imaginait Alice, sa fille ne voit que les aspects positifs de l'aventure et balaie toutes ses inquiétudes. Comment ne pas comprendre qu'elle puisse ressentir de l'appréhension… Bien entendu, Alice est fière que son travail ait été remarqué par une professionnelle, et elle est bien consciente que créer des œuvres pour un bel hôtel de la capitale serait une chance folle, mais sera-t-elle à la hauteur ?

Chloé semble en douter aussi peu que de sa capacité à réaliser une mousse au chocolat.

— Tout le monde aime tes compositions ! Il n'y a pas une femme qui ait été déçue par ce que tu as fait, elles sont toutes emballées.

— C'est différent, leur enfant est l'unique sujet du tableau, ça les prédispose à aimer le résultat.

— Pas forcément. Quand une cliente ouvre ta page Instagram, ce qu'elle voit, ce sont des tableaux destinés à d'autres, tes collages ne lui racontent pas d'histoire, elle regarde ton travail sans affect. Son regard est objectif.

— Mais le thème m'est donné, imposé. Là, tout est à imaginer. C'est terrifiant.

— Ah bon ? Imaginer, c'est pourtant ce que font les artistes, non ?

Le mot électrise Alice. Est-ce donc bien cela qu'elle est devenue ? La simple idée que sa propre fille la voie ainsi l'intimide.

— Mais l'inspiration n'est pas toujours au rendez-vous. Il faut que je présente plusieurs concepts. Et si je n'ai aucune idée ?

— Tu en auras.

— Et si Lætitia les trouve nulles ?

— Elle engagera quelqu'un d'autre ! conclut sa fille avec philosophie.

Alice raccroche et s'engouffre dans la bouche de métro. Malgré les mots rassurants de Chloé, la machine à douter s'est remise en route. Actionnée par une Fourcha au meilleur de sa forme, elle a la puissance d'un rouleau compresseur.

Lætitia Lombardi n'aura pas l'indulgence de ses clients habituels, c'est elle qui porte la responsabilité de tout le chantier et rien ne peut être laissé au hasard, elle le lui a bien rappelé ! Les travaux effectués dans l'hôtel lui paraissent de grande qualité, et toutes les matières sont luxueuses : marbre dans les salles de bains, moquettes somptueuses, parquets à l'ancienne, rideaux épais et raffinés, comme en témoignent les échantillons de tissus qu'elle a vus. À des années-lumière des produits en vente chez Happy Home. Or, si l'on exclut les extras qu'elle effectue pour son employeur, Alice n'a aucune expérience dans le domaine de la décoration. Et c'est à elle qu'il reviendrait de concevoir les illustrations qui habilleront les murs des chambres ? Mais pour qui se prend-elle ? Tôt ou tard, Lætitia va se rendre compte qu'elle a affaire à un imposteur, et se tourner vers un pro. D'ailleurs, rien ne prouve qu'elle n'est pas en train de consulter d'autres prestataires. Comme si ça ne lui suffisait pas de devoir se dépasser, Alice est peut-être en compétition avec les meilleurs artistes parisiens, car une fois l'idée de collage retenue par Lætitia, qu'est-ce qui l'empêchera de faire travailler des créateurs professionnels sur le même principe ?

Alice fait les cent pas sur le quai du métro, au bord de la crise d'angoisse. Il faut qu'elle se reprenne.

Elle tente de positiver. La personnalité de Lætitia, sa carrière, son monde, tout cela l'impressionne, mais pourquoi n'y trouverait-elle pas sa place ? Elle se prend à rêver que cet univers devienne le sien. Si seulement ça pouvait marcher…

Il faudrait juste qu'elle ait quelques bonnes idées, non, une seule suffirait, puisque ensuite elle n'aurait plus qu'à la décliner. La clientèle de l'hôtel, la communication à l'occasion de l'ouverture lui offriraient une publicité gratuite formidable, et elle pourrait mettre en avant cette nouvelle activité sur son compte Instagram. C'est peut-être une vraie carrière qui s'offrirait à elle, avec des revenus confortables à la clé. Largement de quoi financer son site.

L'argent ! Elle n'a pas évoqué ses honoraires avec Lætitia. Remarque, ce n'était pas à elle de le faire, et elle n'aurait pas su combien lui demander. L'architecte estime sans doute que la question ne se posera que si elle décide de lui passer commande. Sans compter que le budget ne semble pas être un problème.

Elle songe à téléphoner à M. Lampe pour qu'il l'éclaire (il va bien falloir qu'elle s'habitue à l'appeler François !), mais leur relation lui semble trop récente pour qu'elle lui présente son visage de gamine timorée, affolée à la perspective de relever un défi passionnant. Être sincère est une chose, se montrer sous son plus mauvais jour en est une autre. Et Alice sent bien que derrière son envie d'appeler son compagnon sans attendre se cache le fantasme qu'il ait des idées de génie, qu'il lui soumette des thèmes à la pelle… Il lui proposerait de réaliser le travail à sa place que ça ne la dérangerait pas ! Non, elle n'a pas parcouru tout ce chemin pour à nouveau se trouver dans la position où elle est incapable de tenir debout toute seule, où elle fait de l'homme qu'elle aime sa béquille ou son tuteur. C'est à elle de réfléchir, de travailler, de créer les compositions qui convaincront Lætitia.

Dire qu'on est jeudi et qu'elle va passer les deux jours suivants à Happy Home, deux jours entiers qu'elle aurait pu consacrer à ce nouveau projet… Depuis plusieurs semaines, Alice se dit que l'heure est venue de lâcher son job de vendeuse : sa propre activité lui rapporte des revenus suffisants et pourrait largement l'occuper à plein temps. Mais elle n'a pu se résoudre à se séparer de son filet de sécurité.

Pas de place pour les regrets, il faut qu'elle ait un plan d'action.

Rentrée chez elle, Alice étudie son planning. Au cours des quinze prochains jours, il lui reste plusieurs créneaux libres, et elle décide de ne plus prendre aucun rendez-vous sur cette période afin d'avoir le maximum de temps à consacrer aux maquettes pour Lætitia.

Sur le sol de son atelier, plusieurs paniers sont alignés ; c'est là qu'elle dépose les objets rapportés de chaque chambre visitée, les rouleaux de papier et le matériel choisis pour le collage, en attendant le moment où elle le réalisera. Au cœur du panier, une fiche avec les notes prises lors de son entretien avec la maman de l'oiseau envolé. Alice rédige un mail à chacune d'elles, afin de les prévenir que la livraison de leur tableau sera différée de quelques jours.

L'hôtel est sa priorité, et elle va lui donner le meilleur d'elle-même.

Chère Moi,

Je n'ai plus le temps de t'écrire mais, comme je ne veux pas (t')abandonner, je me dis qu'écrire ça, c'est toujours mieux que RIEN.

Chapitre 27

« Tu es chez toi ? Suis dans le coin, j'aurais pu passer te faire une bise si tu es dispo… »

Les doigts occupés à appuyer sur des points de colle, Alice ne peut guère bouger, et elle se contente de fixer le message de Mathilde jusqu'à ce que son écran devienne noir. Depuis le temps, elle pensait qu'elle n'entendrait plus jamais parler de son amie, et son SMS est une vraie surprise. En même temps, ça ressemble tellement à Mathilde de réapparaître à l'improviste, comme si de rien n'était…

En quarante ans de relation, Alice a connu de nombreux moments de tension entre son amie et les quelques copains d'enfance qu'elles fréquentent encore ; exaspérés par les jugements à l'emporte-pièce de Mathilde et sa façon expéditive d'analyser les comportements des uns et des autres, plusieurs d'entre eux se sont rebellés, ou enfermés dans le silence pour lui faire comprendre qu'elle les avait contrariés ou blessés. Et chaque fois, cela a suscité la même réaction : une indifférence feinte, suivie d'une disparition plus ou moins longue, le temps que les choses se tassent. Puis Mathilde réapparaissait, souvent grâce à l'intervention bienveillante d'Alice, qui arrondissait les angles et jouait les intermédiaires afin que l'épisode soit oublié.

Cette fois, c'était différent : le heurt avait été frontal, la rébellion d'Alice avait dû surprendre d'autant plus Mathilde qu'elle n'imaginait pas que celle-ci s'opposerait un jour à elle. Et une fois la reine de la diplomatie devenue le fauteur de guerre, il n'y avait plus eu personne pour les rabibocher.

Un instant, un très court instant, Alice songe à faire l'autruche et à attendre deux heures pour répondre à Mathilde qu'elle vient seulement d'avoir son message, mais elle écarte vite cette idée. Alice ne se voile plus la face, et elle a pris pleinement conscience du déséquilibre qui caractérisait leur relation, mais même si une petite voix dans sa tête lui dit de se méfier, elle choisit de suivre son cœur et d'accepter sa proposition.

La réponse de Mathilde est immédiate : « J'apporte le goûter ! »

Dix minutes plus tard, elle est là, les bras chargés de viennoiseries et d'un superbe millefeuille – l'un des desserts préférés d'Alice. Car Mathilde, c'est aussi ça : une amie généreuse qui sait faire plaisir à ceux qu'elle aime. Et comme toujours lorsqu'elle vient fumer le calumet de la paix, elle parle, plaisante, emplit la pièce d'énergie et d'éclats de rire qui font renaître la relation de ses cendres.

Les deux amies se racontent les mois passés, et lorsque Alice évoque ses succès professionnels, Mathilde lui dit qu'elle l'a suivie sur Instagram et trouve ses derniers collages formidables. Naturellement, elle s'enthousiasme en découvrant l'opportunité que lui offre Lætitia Lombardi. À ses yeux, il est évident qu'Alice relèvera le défi, et quand celle-ci lui confie son angoisse, qui monte à mesure que les jours défilent sans qu'elle trouve d'idée fulgurante, Mathilde lui propose de l'aider à chercher des sources d'inspiration : catalogues et magazines de déco, livres d'art ou de photos… Elle peut aussi lui passer des adresses de boutiques ethniques et de galeries branchées, il suffit de multiplier les sources et elle y arrivera !

« Du Mathilde tout craché », se dit Alice : pas d'excuses, elle est trop fière ou trop maladroite pour cela, mais une succession de gestes et de déclarations qui témoignent de ses regrets. Ce qui crève les yeux, c'est sa sincérité, et il n'y a que ça qui compte. Le présent et l'absent, se répète-t-elle : aujourd'hui, son amie est présente, et il ne sert à rien de s'encombrer du passé.

Leur complicité retrouvée lui fait chaud au cœur, et elle ne tarde pas à lui parler de François. Mais sans lui dire son prénom : la pudeur l'empêche de le faire, car après avoir tant attendu elle-même pour le connaître, elle a l'impression que le livrer d'emblée aurait quelque chose d'impudique. Mathilde n'est pas surprise, elle répond à Alice que, en arrivant, elle a tout de suite deviné qu'il y avait du nouveau dans sa vie. Elle ne l'a jamais vue si épanouie, et le travail ne pouvait pas être la seule raison ! Mathilde regarde son amie comme si elle la découvrait. « Une activité qui cartonne, peut-être un gros contrat à venir, un nouvel amoureux… Ça en fait, des choses ! Tu as beaucoup changé ces derniers temps, et j'avoue qu'au début ça m'a déstabilisée, mais je trouve ça génial. Bravo pour tout le chemin que tu as parcouru. »

Puis, à son tour, elle lui parle de l'homme qu'elle vient de rencontrer et lui expose les débuts de leur relation dans leurs moindres détails. Alice est un peu frustrée, elle aussi aurait bien aimé lui raconter leur histoire, de leur dispute à Happy Home à leur premier baiser, en passant par leurs échanges quand François était en Asie, mais Mathilde est lancée et elle ne l'écoutera plus.

Non, aujourd'hui, Alice n'est pas prête à l'entendre parler d'elle. Elle s'impatiente, gigote sur sa chaise, son corps lui fait ressentir une petite lassitude qu'elle a l'habitude de taire en temps normal. Mais les temps n'ont rien de normal, et, portée par l'énergie et la confiance nées de sa relation avec François, elle n'est plus disposée à écouter le pia-pia-pia de Mathilde, partie au galop dans son récit, oscillant entre la révolte et l'autoapitoiement.

Alice tente de l'interrompre doucement, mais Mathilde ne s'arrête pas de parler. Alors elle se sert une part de gâteau et, en s'installant pour le déguster, lui tourne un peu le dos.

— Tu m'écoutes ? lui demande son amie.

— Pas vraiment, je n'avais pas déjeuné et j'ai encore faim !

Elle répond à l'expression interloquée de Mathilde par un large sourire et se ressert une copieuse part de millefeuille.

Mathilde sent bien qu'il faut faire de la place à son amie et lui sourit à son tour. Elle ne se vexe pas, car elle comprend qu'elle est encore tombée dans son travers.

— Tu as raison, pour les boutiques et les galeries, reprend Alice. J'avais prévu d'aller me promener dans le Marais, mais je n'en ai pas eu le temps… On finit de goûter et on y va ?

L'amertume qu'aurait ressentie Alice auparavant a disparu : elle se dit qu'aimer Mathilde, c'est l'aimer telle qu'elle est, et qu'elles doivent profiter de chaque moment qu'elles passent ensemble, à l'image de celui-ci.

Sa vie serait tellement plus simple si elle pouvait faire cela avec tout le monde. Avec Lætitia Lombardi, par exemple. Alice se promet de la considérer autrement. Effacer la peur de ne pas être à la hauteur de ses attentes, et ne penser à elle qu'avec joie et reconnaissance. Accueillir la valeur qu'elle apporte à sa vie, peu importe qu'elle emporte le marché ou non.

Et ce qui vaut pour ces femmes vaut pour tout le monde, y compris pour Laurent. Mari ou ex-mari, il reste le père de ses enfants, l'homme avec qui elle a partagé trente ans de vie, et rien n'effacera les peines et les joies qu'ils ont connues ensemble.

Oui, le terme « profiter » doit désormais colorer sa vie : profiter de ses amis, de ses enfants, de l'amour, tirer profit des défis à relever… et de chaque moment que l'existence lui offre.

Mais pour cela, il faut qu'elle continue à être actrice, et non plus spectatrice, de sa propre vie.

Chère Moi,

Je ne pensais pas qu'il était si difficile de s'habituer aux vêtements de femme heureuse. On croit toujours que le plus dur, c'est de se sentir nulle. Mais non, s'habituer au bonheur, c'est bien plus déroutant. Et si le bonheur n'était pas le propre de l'homme ? S'il aimait se plaindre, se complaire dans sa junk mood ?

Ouvrir les yeux mais aussi les oreilles au bonheur est un exercice délicat, qui demande un entraînement. Savoir arrêter son regard dans la rue, même dans un endroit très laid, et s'obliger à voir le beau. Faire pareil avec les oreilles ou la bouche, et donc dire du bien, bénir mais avec tous les sens. C'est François qui m'a appris à le faire : entraîner son cerveau au bonheur, c'est lui permettre de ressentir le beau là où on ne l'aurait pas vu si on n'y avait pas porté une attention particulière.

Et puis François n'est pas la seule cause de ce bonheur. Avoir obtenu ce contrat d'hôtel a tout changé en moi. C'est la première fois de ma vie que j'estime avoir eu de la chance. François m'a fait remarquer que j'avais bien œuvré pour ce job ; c'est vrai que j'y ai passé des centaines d'heures, et je pense que sans lui je n'y serais pas arrivée. Je m'arrêtais toutes les deux heures et je croyais ne jamais être prise, je voulais cesser de rêver, alors je m'inventais des scénarios catastrophe. Et j'avoue que son expérience en coaching m'a bien aidée. Il aspirait mes doutes à chaque fois qu'il en voyait un pointer le bout de son nez, façon aspirateur Dyson.

Il est venu passer tout le week-end à la maison, ça m'a fait bizarre d'être avec quelqu'un dans le temple de mon ancienne solitude. La vie reprend ses droits, comme les feuilles sur un arbre après l'hiver. On met de la musique, on danse nus tous les deux, on rit, on commande à manger. Pas envie de faire la cuisine et lui non plus.

On vit comme des ados, et en même temps cette maturité partagée est très jouissive. Sans parler de nos nuits, de nos matins.

Je ne pensais pas que, passé cinquante ans, un homme pouvait être aussi « en forme », et j'avais bien tort. Disons que je ne pensais pas pouvoir provoquer autant de désir chez un homme, c'est peut-être plus juste. Je n'aime pas particulièrement mon corps, mais François m'apprend à l'aimer. Il me montre comme je suis belle, tout le temps, et de fait, j'accepte de plus en plus mon corps. Le regard de l'amour change la lumière, y compris celle qui émane de M. Lampe. (Je ne l'appelle plus comme ça, mais le jeu de mots était trop tentant.)

J'aime plonger dans le regard de François comme j'aimais à le faire dans celui de mes bébés. Je sais, la comparaison est étrange, mais les nouveau-nés ont ce regard d'extraterrestre, au sens où ils débarquent littéralement d'une autre planète. L'amour donne ces yeux-là, un je-ne-sais-quoi de nettoyé, de la vivacité et un sommeil pur retrouvé en même temps. Les yeux avec lesquels on se regarde, c'est cela qui nous rend vraiment égaux. Au sens où il n'y a pas de dominant ou de dominé, pas de concours idiot contre soi-même. Même au lit, on peut être naturels, et il nous arrive d'être fatigués et de rester simplement allongés l'un contre l'autre, en étant parfaitement heureux.

Quand on se quitte, j'ai hâte de le revoir ; pourtant, il se passe parfois trois ou quatre jours sans que nous nous voyions ; c'est normal, j'ai eu tellement de travail pour ce projet. Il a compris. Puis c'était à son tour d'être submergé de travail. Mais il a su garder son calme en toutes circonstances. Il m'a expliqué qu'il était très colérique avant et qu'il a pris conscience qu'il devait dompter sa colère le jour où il s'est évanoui dans la rue à la suite d'une altercation avec un autre conducteur.

Ce jour-là, il a compris l'absurdité de son comportement, tout ce qu'il gâchait et risquait de perdre à cause des colères qui le submergeaient. Depuis, il s'est efforcé de reconnaître la valeur des toutes petites choses. Il m'a dit que la dernière fois qu'il s'était mal comporté, c'était le jour où nous nous sommes rencontrés à Happy Home. En rentrant chez lui, il avait vraiment honte de m'avoir parlé comme il l'avait fait et a décidé de « réparer » notre relation. C'est comme ça que tout a commencé.

Sans le vouloir ou même le savoir, j'ai contribué à faire de lui l'homme qui me convient et qui me fait évoluer à mon tour, c'est assez magique.

Oui, j'ai du mal à m'habituer à mes vêtements de femme heureuse, mais j'aurais encore plus de mal à renfiler les guenilles de ma dépression !

Chapitre 28

— Tu es sûre que tu n'as pas besoin d'aide ? demande Alice.

— Absolument !

C'est la fête des Mères, un jour que Chloé aime investir depuis son plus jeune âge, et maintenant que c'est elle, la reine des fourneaux, elle souhaite que le repas entier soit une surprise. Arrivée tôt dans la matinée, elle s'est mise au travail à peine la porte passée. Alice aurait bien aimé la regarder à l'œuvre, mais elle obéit sagement à l'interdiction d'approcher et poursuit sa lecture, confortablement installée dans le canapé du salon.

Lucas sera bientôt là et va passer plusieurs jours à Paris ; ils n'ont pas été réunis tous les trois depuis Noël, et Alice se fait une joie de leurs retrouvailles. Chloé est toujours enfermée dans la cuisine au moment où la clé tourne enfin dans la serrure. Lucas entre, tirant selon son habitude un sac de voyage rempli de linge sale. Passé les embrassades – et l'incursion que lui seul est autorisé à faire en cuisine –, sa mère lui fait signe de la suivre et l'entraîne vers la salle de bains.

— C'est un grand jour : je vais t'apprendre à te servir du lave-linge.

— Ah ouais ? C'est bon, maman, je suis quand même en école d'ingénieurs, je devrais pouvoir gérer les trois boutons, ironise Lucas. Et puis je te rappelle que je vais à la laverie tout seul comme un grand…

— Et moi qui croyais que tu attendais que je te montre…

— Pas du tout. C'est juste que je pensais que tu aimais bien t'en occuper.

Alice le regarde, surprise.

— Que *j'aimais* ça ?…

— Ben oui, tu le faisais avec un tel enthousiasme !

Elle est frappée par la sincérité de son expression, réfléchit… et réalise qu'il a raison.

— En fait, c'est juste. J'aimais ça, j'aimais vraiment ça… Votre linge, c'était comme une extension de vous, et j'avais l'impression que tout faire à votre place était une façon de vous prouver mon amour. Mais maintenant, j'ai d'autres façons d'occuper mon temps, et je pense que vous savez combien je vous aime même si je vous laisse faire vos machines.

— Pas de souci, on gère. Il y a autre chose que tu voulais me dire ? Parce que je t'ai envoyé un texto hier et tu n'as pas répondu, ça ne te ressemble pas…

— Ah ! Ça, c'est une autre histoire. J'ai décidé de ne plus répondre aux SMS conjugués à l'impératif. Regarde : « Prends-moi rendez-vous chez le coiffeur lundi. » Ce serait tellement mieux si tu l'avais rédigé autrement : « Pourrais-tu… S'il te plaît… J'aimerais bien… » Bref, les formules de politesse que je vous ai apprises quand vous étiez petits. Tu pouvais aussi écri…

— C'est bon, maman, j'ai compris le message. Et pour le coiffeur, je peux l'appeler si tu me donnes le numéro.

— Avec plaisir, mon chou !

Deux heures plus tard, ils ont fini le délicieux repas préparé par Chloé et digèrent sur le canapé, plus ou moins vautrés les uns sur les autres comme ils l'ont fait durant des années, quand ils s'y retrouvaient pour regarder un film. Cette fois, aucun DVD ne vient animer l'écran et ils se contentent de bavarder, chacun racontant à tour de rôle les semaines passées et les projets qui occupe. Au bout d'un moment, Lucas échange un regard entendu avec sa sœur, et celle-ci prend la parole, cherchant visiblement ses mots.

— Maman, je ne sais pas si tu es au courant, mais le bébé de papa est né, un petit garçon… Il aimerait bien nous le présenter. C'est un peu compliqué de refuser, mais si ça te fait de la peine…

— Je ne savais pas, non… Mais il n'est pas question que vous refusiez, c'est normal que vous alliez le voir !

— Tu es sûre que ça ne te fait rien ? s'inquiète Lucas.

— … Dire que ça ne me fait rien, ce serait mentir. Ça me fait… tout drôle, d'imaginer papa avec un bébé… Un autre enfant que vous. Mais c'est sa vie, plus la mienne. Et cet enfant, il va faire partie de la vôtre, même de loin. C'est votre petit frère.

— Notre petit frère, je veux bien, mais on a plutôt l'âge d'être ses parents, rappelle Chloé. On ne va pas avoir la même relation avec lui que celle qu'on a tous les deux…

— Tu dis ça parce que c'est un garçon, la taquine son frère. Si c'était une fille, je suis sûr que tu aurais été trop contente d'avoir l'occasion de recommencer à jouer à la poupée – non, à la dînette !

— Tiens, bonne idée, je ne vois pas pourquoi le fait que ce soit un garçon m'empêcherait de jouer à la poupée ou à la dînette avec lui !

— Excellent ! s'esclaffe son frère. Papa va adorer…

— Et toi, tu vas lui bâtir un château fort avec des Lego ?

— J'ai un peu autre chose à faire quand je suis à Paris, et quand je reviendrai m'installer ici ce sera pour commencer à bosser, donc… Mais bon, on va déjà aller voir à quoi il ressemble, et s'il est sympa, peut-être que je l'initierai à quelques trucs quand il sera plus grand.

— Voilà, et moi je lui apprendrai à monter une mayonnaise, conclut Chloé.

Quelques secondes s'écoulent, durant lesquelles chacun s'interroge en silence sur les conséquences de cette naissance, puis Lucas reprend la parole :

— Le truc, c'est que jusqu'à présent on a toujours vu papa seul, sans sa copine. Mais si on va chez eux, c'est sûr qu'elle sera là.

Fataliste, Alice hausse les épaules.

— Il faut bien que vous la rencontriez un jour…

— Oui… Enfin, t'inquiète, j'ai prévu de la détester, sourit sa fille.

— Je n'en demande pas tant ! Mais j'apprécie ta délicatesse : ne l'aimez pas trop quand même…

— Promis, répond solennellement Lucas. Sérieux, maman, t'es drôlement cool. Avec Chloé, on se faisait du souci, on se demandait comment tu prenais tout ça…

— Ça n'a pas toujours été simple, mais ça y est, c'est derrière moi. J'ai avancé… D'ailleurs, j'ai quelque chose pour vous.

Elle se lève, va chercher deux paquets emballés et tend à chacun le sien. Ses enfants se regardent, surpris, et, le premier, Lucas déchire le papier qui recouvre son cadeau. À l'intérieur, un collage d'Alice évoquant son enfance. Les yeux du jeune homme brillent quand il découvre le tableau : au centre, la maquette du voilier qu'il a mis tant d'heures à monter. Tout autour, au gré de l'océan qui constitue le fond du tableau, une petite voiture de sport semble surfer sur une vague, tandis que plusieurs éléments surgissent du creux des flots, le tout sous le regard d'une grappe de soldats de l'armée napoléonienne, qui observent la scène depuis une rive lointaine.

— Vous savez que, normalement, il est destiné au parent qui m'a engagée, mais avec vous, c'est différent, explique Alice. C'est à vous de décider si vous voulez l'emporter ou le laisser ici.

— Ma carte du club de karaté, murmure Lucas, absorbé par les détails de la composition, je n'arrive pas à croire que tu l'aies gardée…

Penchée par-dessus son épaule, Chloé repose son propre paquet. Elle a les larmes aux yeux.

— Je ne crois pas que je sois en état d'ouvrir le mien tout de suite… J'en meurs d'envie, mais je préfère attendre.

— Comme tu veux, ma chérie. En tout cas, si j'ai fait ces collages, c'est parce que j'ai enfin pu me résoudre à appliquer à moi-même les conseils que je donnais aux autres. J'avais déjà transformé la chambre de Lucas en atelier, et maintenant je suis allée au bout du processus en me l'appropriant vraiment. Et donc je me suis installée dans ta chambre, Chloé. Mais ne vous inquiétez pas, j'ai gardé toutes vos affaires pour que vous puissiez choisir ce que vous souhaitez récupérer, et il y a un lit pour chacun d'entre vous.

— Je comprends mieux pourquoi tu m'as posé toutes ces questions sur les probabilités que je revienne vivre à la maison à la fin de mes études, s'exclame Chloé.

— Grave ! renchérit son frère.

— Vous m'en voulez ? J'ai hésité, j'avais un peu l'impression de faire les choses dans votre dos, mais vous êtes si peu venus ces derniers mois… Je me suis rendu compte qu'en réalité c'est moi qui habite là, et personne d'autre. J'étais mûre, alors je me suis lancée.

— Tu as bien fait, répond Lucas. Un lit, c'est tout ce dont j'ai besoin quand je suis ici. Et comme je te l'ai dit, c'est clair que je prendrai un appart dès que j'aurai un travail.

— Bien sûr qu'on ne t'en veut pas, appuie Chloé. En fait, je suis surtout curieuse de voir comment tu as aménagé ma chambre, dit-elle en se levant.

Lucas lui emboîte le pas, et Alice leur fait faire la visite, comme s'ils se trouvaient dans un nouvel endroit.

— Voilà, la chambre de Lucas n'a pas énormément changé puisque j'ai gardé le lit. En revanche, j'ai supprimé tout ce qui était inutile pour installer mon matériel.

En effet, un pan de mur entier est désormais recouvert de grandes étagères, dont chacune est consacrée à un élément : feuilles et rouleaux de papier, feutres, pinceaux et peintures, cadres, colles, outils et accessoires… Au pied de ces étagères, la rangée de paniers où est entreposé ce qui servira à chaque collage. Un prénom est agrafé sur chacun d'eux, et rien qu'en observant ce qui dépasse, on devine la diversité des univers qui vont les composer. Sur sa table, les maquettes sur lesquelles travaille Alice et qu'elle présentera bientôt à Lætitia Lombardi.

— C'est vachement beau, observe Chloé, tu as fait des photos ?

— Non, pourquoi ?

— Pour ton compte Instagram, maman ! Les paniers, les étagères, tes travaux en cours… Ça ferait de très jolis clichés !

— C'est vrai… Décidément, il me manque encore quelques réflexes…

— Bon, allons voir ma chambre, maintenant… Enfin, la tienne, corrige Chloé en sortant.

Cette chambre-là est méconnaissable. Aussi sobre et peu meublée qu'elle était encombrée avant. Seuls les rangements ont été conservés, et la pièce a été repeinte. Le lit de l'adolescente a été remplacé par un lit à deux places, encadré par deux tables de nuit et des lampes coiffées d'abat-jour aux teintes douces.

— Tu pourras dormir dans la chambre de Lucas quand tu viendras, ou avec moi s'il est là. Et puis, il y a toujours le canapé-lit du salon.

— Bien sûr, on se débrouillera très bien.

Alice hésite un peu, puis se lance, le regard brillant.

— Il y a une dernière chose que j'aimerais vous dire : j'ai rencontré quelqu'un.

Cette fois, ses enfants la regardent avec des yeux ébahis.

— Quel scoop ! Je comprends mieux la seconde table de nuit, s'exclame Lucas. C'est cool, maman, je suis content pour toi.

— C'est génial, renchérit Chloé. Tu l'as rencontré où ? Il s'appelle comment ? Raconte !

— Je suis soulagée que vous réagissiez comme ça, j'avais déjà prévu de vous expliquer que ça ne changerait rien pour vous et que vous seriez toujours ma priorité.

— Si, il y a une chose qui va changer : c'est qu'on va arrêter de se faire du souci pour toi. C'est tellement rassurant de savoir qu'il y a quelqu'un qui partage ta vie et qui va veiller sur toi…

— Il veille sur toi, j'espère ? demande Lucas, d'un ton protecteur.

— Oui, vraiment.

— Alors tout va bien. Et pour ce qui est de rester ta priorité, c'est peut-être prétentieux, mais perso, je ne suis pas inquiet.

— Moi non plus, confirme Chloé. Quoi qu'il se passe côté cœur, je te fais entièrement confiance. Et puis, tu sais, maman, je crois qu'une bonne mère, c'est une femme heureuse.

Alice regarde ses enfants.

Ce qu'elle ressent envers eux, ce n'est pas seulement de l'amour, mais aussi de la gratitude pour tout ce qu'elle a appris grâce à eux. En les laissant partir chacun vers sa vie d'adulte, elle a permis à ses propres ailes de se déployer. Et si un seul battement d'ailes d'un papillon au Brésil peut déclencher une tempête au Texas, jusqu'où peuvent aller celles d'une mère qui s'est enfin envolée ?

Jusqu'à elle-même.

Chère Moi,

Je voulais te remercier de m'avoir fait confiance.

J'ai compris que ma vie était multiple, et exponentielle. La recette du bonheur, de mon bonheur en tout cas, est aussi simple que celle du quatre-quarts. Un quart d'enfants, un quart d'amoureux, un quart de travail et un quart... d'inattendu.

C'est-à-dire moi dans ma meilleure version possible, celle qui se surprend et qui se donne tout autant qu'elle se respecte. Celle qui ose tout ce dont elle a envie, et qui n'a pas peur de tomber. Car comme dit le proverbe chinois, sept fois tombé, huit fois debout.

Je suis fière de moi, fière d'avoir osé répondre à cette annonce pour un travail qui ne me correspondait pas, mais qui avait au moins le mérite de me faire sortir de chez moi et de mes habitudes. Et je suis fière de tout ce qui s'est passé depuis.

Je clos enfin ce carnet rose et je raye le R.

Il reste OSE *!*

Composition et mise en pages
FACOMPO, Lisieux

Imprimé en Espagne par:
CPI Black Print
en mai 2021

Pocket - 92 avenue de France, 75013 Paris

S31322/01